脚本／伊東 忍
ノベライズ／白戸ふみか

Re:リベンジ
―欲望の果てに―
（上）

扶桑社文庫
0816

本書はドラマ『Re:リベンジ―欲望の果てに―』のシナリオをもとに小説化したものです。

小説化にあたり、内容には若干の変更と創作が加えられておりますことをご了承ください。

なお、この物語はフィクションであり、実在の人物・団体とは無関係です。

1

天堂海斗《てんどうかいと》は、真っ白い病室で眠っていた。腕には点滴が、指にはパルスオキシメーターが繋がれている。季節が巡っても、海斗は目を覚まさなかった。

病室には陽光が差し込み、壁に映る木漏れ日が揺れる。窓の外で強い風が吹き、音がする——と、海斗の指が、かすかに動いた。次にまぶたが痙攣《けいれん》し、海斗は目を覚ました。

*

五か月前のある夜——。

天堂記念病院の理事室で、スマホの呼び出し音が鳴っていた。ようやくつながったが、留守番電話の案内が流れる。

「出ませんか」

秘書の高村実《たかむらみのる》が、電話をかけていた理事長の天堂智信《てんどうとものぶ》に尋ねた。

「ああ」

智信は残念そうに頷きながら自席に座り、留守番電話にメッセージを入れた。

「海斗……急にすまない。話したいことがあってな。時間つくれないか」

電話を切った智信に、高村が「会社に連絡してみますか？」と、尋ねてくる。

「いや、いい」

智信が言うと、高村は離れていった。智信は別の相手に電話をかけるため、スマホを手に取って連絡先をスクロールし、発信ボタンを押す。だがそのとき、胸が苦しくなった。

「……ふう」

一つ息をつき、スマホを耳に当てる。呼び出し音が鳴り、相手が出るのを待ったが、次第に胸の痛みが増し、呼吸ができなくなってきた。

「うっ……あ、痛……」

智信はスマホを机の上に落とし、床に崩れ落ちた。

「理事長！　智信さん？」

高村が声を上げ、駆け寄ってくる。

「……もしもし」

机の上のスマホが、応答した。だが誰も気づく者はいない。

「誰か、誰か！」

高村が必死で人を呼ぶ声、智信が苦しそうにうめく声、そして『大友郁弥』と表示されているスマホから「もしもし」と応答する低い声が、夜の理事長室に響いていた。


新栄出版の『週刊文潮』編集部で、若手編集部員の木下紗耶《きのしたさや》は、机の間を歩いていた上司の藪田大介《やぶただいすけ》に声をかけた。

「藪田さん」

紗耶は駆け寄っていき、原稿を手渡した。

「城南大の教授が資金流用している裏が取れました。十二月号の巻頭でいけると思うんですが」

藪田は歩きながら原稿に目を通したが、乱暴に突き返す。

「そのネタで何部売れんだよ」

「いや、ですが……」

「社会派気取ってないでこの間のアイドルの不倫まとめておけ」

そう言い放って藪田は行ってしまった。紗耶はふてくされ、自席に戻る。

「お疲れさまー」

仕事を終わらせた編集部員たちが帰っていくのとすれ違いながら、海斗が席に戻ってきた。

「お疲れっすー」

背中合わせの席に座っている紗耶に声をかけ、帰り支度を始めた。

「先輩、さっき電話鳴ってましたよ」

「え」

机の上に置いたままのスマホの画面をタップすると『天堂智信　留守番電話　3分前』と、表示された。海斗はスマホを手に取り、しばらく考えていたが……。

「天堂、特集ページの校了終わったか?」

薮田が声をかけてきた。

「え?」

「今日中にって頼んでおいただろ」

「……いや、それは」

海斗は立ち上がった。もう今日は帰る予定だ。大事な約束がある。

「はいはい、よろしくな」

薮田は有無を言わせず帰っていく。

「……ウソだろ」

海斗は椅子に崩れ落ちた。

「デスクだからってなんであんな偉そうなんですかね」

紗耶が振り返って声をかけてきた。

「……今日」

海斗は頭を抱えた。

「五目あんかけご飯」

背後から紗耶の声がする。

「え？」

「今日なんでしょ？　代わりに仕上げときます」

紗耶は海斗の良き相談相手だ。恋人ができたときから逐一、紗耶に報告している。この日、プロポーズをするつもりだということも話してあった。

「マジ？　助かる。餃子も付ける！」

海斗は紗耶に感謝しながら編集部を出た。紗耶がそんな海斗の後ろ姿をため息交じりに見送っていたが、浮かれている海斗は気づいていなかった。

スーツ姿の智信は酸素マスクを装着し、ストレッチャーで夜の病院の廊下を運ばれていた。

「激しい胸痛の訴えがあります」

ストレッチャーを小走りで押している看護師が言う。

「オペ室に連絡！」

医師が指示を出した。あちこちからほかの医師たちも走ってきて、ストレッチャーと共に走りながら智信の様子をのぞき込む。夜の天堂記念病院は、理事長が倒れたことで、蜂の巣をつついたような騒ぎになっていた。智信は意識こそ失っていないが、かなり苦しそうに顔をしかめている。高村はその後ろを不安げについていった。


海斗は行きつけの洋風居酒屋Ｔａｃｏ　Ｓａｋａ　Ｂａｒで、サプライズプロポーズの準備をしていた。

「入ってきたら、音楽お願いします」

「あー、オッケオッケ」

店長の五十嵐《いがらし》剛《たけし》が頷く。

「絶対ですよ」

念を押し、今度は仕込んであったカメラの設定をチェックする。

「撮る必要あるか？」

五十嵐は呆れている。

「撮っとくもんなんすよ、こーゆうのは。一生の思い出になるんで」

海斗は盛り上がる気持ちを抑えられない。

「はいはい」

五十嵐はカウンター内に戻っていった。

海斗は席に座ると、パンツのポケットから指輪の箱を出した。中身の婚約指輪を確認し、これから起こることを想像して、ニヤニヤしていた。


同じ頃、院長の天堂《てんどう》市子《いちこ》は、コツコツとヒールの音を立てながら、会議室に向かっていた。両開きの扉を開けると、会議机の左右にずらりと並んだ九人の理事たち——外科部長の鮎川《あゆかわ》賢二《けんじ》、副院長の三輪《みわ》光成《みつなり》、若手理事の望月《もちづき》隼人《はやと》らがいっせいに頭を下げる。

中央の席には『理事長　天堂智信』のプレートが置いてある。だがまだ空席だ。市子は智信の席から見ると、左側の列の一番前に着席した。それぞれの前には『新病棟のプロジェクトについて』という見出しの資料が置いてある。

「理事長は、プロジェクトリーダーを誰に任命するつもりですかね」

望月が市子をうかがう。

「……大きなプロジェクトだし、天堂家の人間がリーダーシップを取るべきだ。となると佑馬くんが適任なのでは」

市子の隣に座る鮎川が、ごまをするように言った。

「あの子に務まるかどうか……」

言葉とは裏腹に、市子はまんざらでもない様子だ。

「たしかに彼には荷が重いでしょうね」

副理事の三輪が、向かい側の席から言った。市子はムッとして三輪を見る。

「自信がおありのようですね」

二人が睨《にら》み合っているところに、天堂佑馬《てんどうゆうま》が飛び込んできた。

「失礼します。大変です、理事長が……」

佑馬は息を切らして報告した。

「佑馬？」

声を上げる市子の顔を、鮎川が凝視した。

智信を乗せたストレッチャーがオペ室に運ばれていく。

「患者さん到着しました！」

「状況は？」

待機していた医師が、ストレッチャーについてきた医師に尋ねる。

「血圧90の50。サチュレーションは酸素2リットルで96％キープできています」

「ＣＡＧ準備」

ただならぬ雰囲気の中、智信はストレッチャーからオペ台に移された。執刀医が智信の状態をチェックする。

「左冠動脈7番に血栓による狭窄《きょうさく》。ＩＶＵＳで血管内を確認する」

智信のオペが開始された。


「遅いな……」

海斗が朝比奈陽月《あさひなひづき》の到着を待っていると、スマホが鳴った。手に取ると『天堂記念病院』と表示されている。海斗はスマホを裏返してテーブルに置いた。

「いいの？」

五十嵐が尋ねてくる。

「別に」

笑顔で答えつつも、陽月がなかなか現れないので不安だ。すると、勢いよくドアが開き、陽月が現れた。

「海斗！」

「陽月」

海斗は笑顔で立ち上がった。でも陽月は深刻な表情で、海斗の手を取る。

「大変、来て！　早く！」

陽月は訳がわからずにいる海斗の腕をつかんで店の外に走り出た。


海斗と陽月を乗せたタクシーは、天堂記念病院の前に滑り込んでいった。

「先行って」

陽月は言うが、タクシーを降りて歩きだした海斗は、久々に見る『天堂記念病院』の看板を前に足が前に進まない。

「何してるの？」

陽月もタクシーを降り、駆け寄ってくる。

「俺、やっぱり……」

「こんなときに何言ってんの！　ほら早く！　行って！」

文字通り背中を押され、海斗は重い足取りで院内に入っていった。

病室のドアを開けると、佑馬が振り返った。

「海斗くん！」

その声に、ベッドの横に立っていた市子と鮎川が海斗を見た。智信は酸素マスクをつけ、呼吸器に繋がれた状態で眠っていた。近くにモニターが置いてある。

「あら～、誰かと思ったら。久しぶりね」

市子がわざとらしい口調で言う。

「父は？」

海斗は会釈をし、中に入っていく。

「急性冠症候群を発症されておりましたが、迅速な処置により、幸い、命に別状はないかと」

鮎川が説明した。

「そうですか……」

「大事に至らなくて、本当によかった」

市子が海斗の言葉を最後まで聞かずに遮り、「智信さん、海斗さんがいらっしゃったわよ」と、目を閉じたままの智信の肩を軽く揺すりながら耳元で言った。そして「それじゃ、私たちは」と、佑馬と鮎川に目顔で合図をした。二人も市子に従って歩きだす。

市子は去り際に海斗の肩をポンと叩いた。触れられた瞬間に、海斗は全身に鳥肌が立ち、おぞましい記憶が蘇ってくる。

海斗が八歳の頃、母親が亡くなった。遺影を手に佇《たたず》む海斗の脇を通っていくとき、市子は「邪魔なんだよ！」と、肩をつかんで力いっぱいどかした。「あっ」と、怯えた海斗の手から、母親の遺影が床に勢いよく落ちた——。

あのとき市子にされたことを、海斗は何年経っても忘れられなかった。

市子たちが部屋を出ると鮎川のスマホが鳴り、鮎川が「失礼します」と足を止めて電話に出る。

「いや、智信さん、無事でホントよかったね」

歩きだすと、佑馬が市子に笑顔で言った。

「……そうね」

市子は前を向いたまま無表情で返した。

海斗が眠ったままの智信の顔を見つめていると、ドアが開いた。

「海斗くん」

「高村さん……ご無沙汰しております」

海斗は頭を下げたが、高村はさらに深く頭を下げた。

「申し訳ありません、私が近くにおりながら」

「あ、いえ……今日父から電話があったのですが」

「ああ」

「何かご存じですか」

「新病棟のプロジェクトのことは？」

「プロジェクト？」

「ええ。天堂記念病院の威信をかけたプロジェクトが立ち上がります。智信さんは海斗くんに病院理事に就任してもらい、そのプロジェクトを任せたいとお考えです」

高村は自分の鞄から資料を取り出すと、海斗に差し出した。

「え？」

「ゆくゆくは、海斗くんに病院を継いでほしいのだと思います」

そのとき、廊下には鮎川がいた。鮎川は海斗と高村の会話を聞き、眉根を寄せていた。そこに看護師が通りかかり、鮎川は何事もなかったように立ち去った。

「……それって天堂家に戻ってこいってことですか？」

海斗は高村に尋ねた。

「また智信さんからも、正式にお話があると思いますが」

「……勘弁してくださいよ」

海斗は差し出された資料を押し返す。

「海斗くん？」

「俺はもうこの人とも、天堂家とも、関係ありませんから」

海斗は、失礼します、と病室を後にした。

せっかくの夜に、なんということになったのだろう。海斗が薄暗いロビーに出てくると、陽月が長椅子から立ち上がった。

「どうだった？」

「命に別状ないって」

「よかった」

陽月の安堵《あんど》する声を聞きながら海斗は長椅子の上に置いてあるバッグを取ろうと手を伸ばすと、一つ息を吐いた。やはりここに来ると、どっと疲れる。

「どうしたの」

「……大丈夫。行こうか」

陽月にショルダーバッグを渡し、自分のトートバッグを提げて歩きだす。


タクシーを降りた大友郁弥《おおともふみや》は院内に入り、二階の待合室に続くエスカレーターを上がっていた。照明を落とした院内は静まり返っているが、上から若い男女が下りてきた。先に一階に下りて歩きだした女性が、後から来る男性を振り返り「海斗」と呼んだ。

海斗——。

郁弥はエスカレーターで運ばれながら、自動ドアから出ていく海斗の後ろ姿を見つめた。海斗が一瞬立ち止まって振り返りそうになったのを感じ、郁弥はすぐに前を向いた。


翌日の昼休み、海斗は紗耶を誘って編集部近くの町中華に出かけた。

「はい、ホイコーローお待ち」

紗耶にホイコーローが運ばれてきた。海斗は向かいの席で、チャーハンをかき込んでいる。

「よかったですね、お父さん無事で」

「まあ」

海斗は短く答えた。父親の話をするときは、トーンが落ちてしまう。

「で、どうするんですか?」

「う〜ん、とりあえずもう一回店押さえて再チャレンジかな」

「そっちじゃなくて、病院、戻るんですか?」

「戻るわけないだろ。せっかく離れたのに」

海斗は目の前の餃子をつまむ。最後の一個だ。

「大病院の理事なんてふつーなりたくてもなれないですよ。もったいな」

「記者の仕事のほうがよっぽどいいよ。やりがいあるし」

もぐもぐ頬張りながら言い、店主を呼んで「すみません、餃子おかわり!」と叫んだ。

「やりがいね……ありますかね。社会に影響与えるような記事書きたくてこの会社入ったのに、やってることはどーでもいいアイドルの不倫ゴシップって」

紗耶はオシャレで、ファッション誌の編集者のようにも見えるが、根は社会派だ。

「……木下」

海斗は真剣な顔で、うつむいてしまった紗耶のほうに身を乗り出した。紗耶がゆっくりと顔を上げる。

「プロポーズのサプライズどうしたらいい？」

「……聞いてました？　私の話？」

紗耶はカクンと、ずっこけている。

「頼むよ。もう失敗できないんだよ」

「……うーん、二人はどうやって出会ったんですか？」

「えっ？」

「初めて会ったときのシチュエーションでプロポーズするとか、ベタだけどいいかなって思ったんですけど」

初めて会ったとき……。思い出しているうちに、海斗は顔がどんどん緩んでいく。

＊

二年前のある夜——。

海斗は緊張の面持ちで、イタリアンレストランで待っていた。

「お待ち合わせですね。こちらのお客様です」

店員の声がし、足音がゆっくり近づいてくる。そわそわしながら待っていたが、ついに我慢できずに、海斗は足音のほうを見た。そこにはワンピース姿の陽月が立っていた。

陽月は大きな瞳で、海斗を見つめている。

「初めまして」

かわいい子だな、と笑みがこぼれそうになるのを堪《こら》え、挨拶をした。その途端、陽月はくるりと踵《きびす》を返した。そして、店を出ていこうとする。

「えっ？　ちょ、ちょっと待って」

海斗は慌てて陽月を追いかけようと走りだす。

「あ、痛てっ」

次の瞬間、グギッとよろけて近くの席の男性の腕にぶつかった。手にしていたワイングラスが傾いてワインがこぼれ、男性と食事していた女性が「きゃあっ」と声を上げた。

「なんだおまえ、ビショビショだよー」

立ち上がった男性の白いパンツは赤ワイン色に染まっていた。

「すみません」

「信じられない。早く拭いてよ」

男性は外国人だが、日本語でまくしたてる。

「……えっと、その……」

海斗が困っていると、陽月がおしぼりを手に戻ってきた。

「早くしろよ！　僕の大事なデートだったのに」

男性はデートの相手に「ごめんなさいね」と謝り、ブツブツ言っている。海斗は謝りまくり、陽月はおしぼりを差し出し、その場をどうにか収め、二人で店を出た。


店を足早に出てきた二人は、笑いそうになるのを堪えていた。

「……あの、さっきのあれって」

陽月は堪えきれずに笑いだした。

「ジローラモでしたよね」

「やっぱり！」

「いや、びっくりしました」

「ですよね」

「『ビショビショだよー』って」

二人は大笑いしながら街を歩いた。


結局、海斗は行きつけの五十嵐の店に陽月を連れていった。改めて二人で向かい合う。

「すみません。アプリ、初めてで。緊張しちゃって」

「あ、だから逃げたの？」

「……すみません」

頭を下げながらも、陽月は笑顔だった。

「はい、ビールになりまーす」

五十嵐が生ビールのジョッキをテーブルに置いた。

「ありがとうございます」

陽月は礼儀正しい。五十嵐は去り際に、ひやかすように海斗の肩をポンと叩いた。海斗も五十嵐の背中を叩き返す。

「じゃ、気を取り直して。とりあえず……乾杯」

二人はジョッキを合わせた。

「ごめんなさいね。こんな店で」

海斗はわざとカウンター内の五十嵐に聞こえるように言った。さっきのイタリアンレストランのような高級店ではなく、ありふれた洋風居酒屋だ。

「おい」

五十嵐の声が飛んでくる。

「落ち着きます。こういう雰囲気のほうが」

陽月はニコニコしながら言った。五十嵐も「ねえ」と反応する。陽月は「はい」と、大きく頷いた。海斗は二人がやりとりをしている間、陽月の横顔を見つめていた。

「お仕事は？」

正面に向き直った陽月に尋ねる。

「看護師です」

「へえ。どちらの？」

「天堂記念病院で働いてます」

「えっ？」

「何か？」

「いや、そこ……うちの病院です」

たしかに天堂記念病院はこのあたりでは有名な大病院だが、まさかそんな偶然があるなんて。

「えっ?」

今度は陽月が驚きの声を上げた。

「天堂……海斗です」

改めて自己紹介をする海斗を、陽月は目を丸くして見ている。

「コイツ、こう見えてお坊ちゃんなんですよ」

五十嵐は言った。

「ちょっとやめてくださいよ」

海斗は否定し、「あ、じゃあタコ焼き二つで」と注文した。

「種類は?」

「アンチョビと生ハムで」

「今日ちょっとオシャレにいくじゃん」

海斗と五十嵐のやりとりを笑顔で見ていた陽月は、ふと考え事をするように目を伏せた。

店を出た二人は、ゲームセンターに入った。陽月が人気キャラクターのクレーンゲーム機を見て目を輝かせたので、海斗は挑戦することにした。クレーンゲームには自信がある。奥のほうを狙ってアームを動かし……どうにか一個つかむ。

「すごいすごい！」

「やったー！」

白いキャラクターのキーホルダーをゲットした。

「ありがとうございます！」

陽月は嬉しそうにはしゃいでいる。

「こういうの好きなんですか？」

「小児科で働く看護師の必須アイテムです。子どもたち喜ぶんですよ。大事にしますね」

陽月はキーホルダーを掲げて、にっこり笑った。見ていると、海斗も幸せな気持ちになる。

「喜ぶだろうなあ」

陽月はいつまでもキーホルダーを見つめていた。


その後、二人は付き合い始めた。

＊

海斗はスマホに入っているツーショット写真を紗耶に見せる。箱根旅行に行ったときの、浴衣姿で二人が寄り添っている写真だ。

「いやいやいやいやいやいやいやいや……アプリで見つけた相手って大丈夫ですか？　先輩の家、結婚相手にめっちゃこだわりありそうじゃないですか」

町中華のテーブル越しに、紗耶がスマホを返してくる。海斗は何も言わず、ラーメンをすする。

「え、もしかしてまだ紹介してないんですか？」

「結婚に親とか、関係ないっしょ」

家のことを言われると、途端にテンションが下がる。

「うーわ……向こうのご家族には？」

「両親いなくて妹だけ。会ったことないけど」

海斗はラーメンの残りを勢いよくすすった。

海斗の父親が倒れた日の翌朝、陽月は出がけに仏壇の前で両親の遺影に手を合わせていた。

「お姉ちゃん、もう時間じゃないの？」

妹の美咲《みさき》が声をかけてくる。美咲はまだ小学生。三十歳の陽月とは十八歳も離れている。

「あ、やばっ」

陽月は立ち上がった。

「今日ちょっと遅くなるけど、何かあったらすぐ連絡してよ」

「はーい。ごゆっくりね」

美咲はひやかすような表情を浮かべた。姉妹は二人暮らし。心臓病の美咲のために、壁には毎日飲む薬を入れるカレンダーポケットがかかっている。

「ごはん食べたらちゃんと薬飲むんだよ」

陽月は美咲のふっくらとした頬に手を触れて、ほほ笑んだ。

「お疲れさまです」

出勤した陽月は、ナースステーションで後輩の本間《ほんま》栞《しおり》、白石《しらいし》安香《やすか》たちに声をかけた。

「ねえねえ、知ってる？　理事長が倒れたんだって」

「息子さんがお見舞い来たらしいよ」

「病院に戻ってくるって噂、あるよね」

栞と安香が小声で話しているのを、陽月は複雑な気持ちで聞いていた。同僚たちには、海斗と交際していることはもちろん話していない。

「みんな集まって」

看護師長・武内佐奈江《たけうちさなえ》が現れた。背後には三十代半ばぐらいの白衣姿の男性がいる。

「こちら新しく赴任された大友先生。専門は心臓血管外科です」

心臓血管外科と聞き、陽月は美咲のことが頭に浮かんだ。

「ここに来る前は慶成メディカルセンターにいらして、たくさんの実績を残されたそうよ。小児科の病棟を見学されたいそうなので……朝比奈さん」

「はい」

考え事をしていた陽月は顔を上げた。

「案内してくれる？」

「わかりました」

「よろしくお願いします」

郁弥はほとんど表情を動かさずに言った。

天堂記念病院の講堂で、理事会が行われていた。

「医師や看護師の迅速かつ正確な情報共有を目指し、こちらのクラウドサービスを用いたシステムの導入を我々広報部は検討しています」

壇上でプレゼンしているのは病院広報部所属の佑馬だ。市子は最後尾の席から満足げに壇上を見つめている。

「何かご質問等、ございますでしょうか」

佑馬が挙手を促すと、三輪が即座に手を挙げた。

「質問よろしいでしょうか？」

「ああ、あのねえ。非常時の通信障害に関しての記載がないようですが、それについては？」

マイクを手にした三輪は、慇懃《いんぎん》無礼《ぶれい》な口調で言った。

「あ、ちょっと待ってください。その点に関しては……確認して報告させていただきます」

佑馬は手元の資料をめくったが、結局何も答えられず、市子はがっくりと天井を仰いだ。

「そこが確認取れてなくては、導入は時期尚早かと思いますが」

三輪に責め立てられて佑馬はたじたじになっている。市子が助け舟を出してやろうかと考えていたところに、鮎川が近づいてきて耳元でささやいた。

「……少しお話が」


同じ頃、智信が目を開いた。病室の天井を見上げ、かすかに頭を起こす。呼吸器に繋がれている自分の状況を理解した。そういえば理事長室で胸が激しく痛んで倒れたのだ。そこで記憶は途切れていた。


陽月は小児科に通じる廊下を歩きながら、郁弥に尋ねた。

「あの、ちょっと聞いてもいいですか？」

「はい」

「慶成メディカルセンターって心臓移植で有名ですよね？　先生も携わっていたんですか？」

「ええ。お詳しいですね」

郁弥は最初の印象通り、受け答えもクールだ。

「いえ……先生はどうしてこの病院に？」

陽月は話題を変えてみる。

「天堂理事長に声をかけていただいて」

「理事長に？」

意外な事実に驚きの声を上げたところで「ひづきちゃん！」と、入院中の子どもたちがワーッと駆け寄ってきた。中には車椅子の花《はな》もいる。

「あっ、こら、走っちゃダメって何回も言ってるでしょ」

陽月はわざと怖い顔で言ってみる。

「あ、すみっコだ～」

愛莉《あいり》が、陽月が腰につけているキーホルダーを見て、声を上げた。

「かわいい～」

光希《みつき》も寄ってくる。

「でしょ～かわいいよね」

陽月はキーホルダーを外し、みんなに見せた。

「かしてかして～」

葵《あおい》が手を伸ばしたが、車椅子に乗っている花が「ダメだよ」と制した。

「これ彼氏からもらったんだもんね～」

花は小学校高学年なのでませている。

「……はいはい。みんなお部屋に戻ってね。後でお熱測りに行くからね」

陽月は苦笑いを浮かべながら、子どもたちと視線を合わせた。

「はーい」

子どもたちは素直に帰っていく。その様子を、郁弥はかすかな笑みを浮かべながら見ていた。


市子は鮎川と共に人けのない廊下に移動した。鮎川は、昨夜廊下で立ち聞きした海斗と高村の話を伝えた。

「海斗に？」

「はい。プロジェクトの責任者として実績を積ませておいて、将来的にこの病院を天堂海斗に継承させることが、理事長の狙いかと」

「あの姑息な婿養子が考えそうなことだわ」

市子は苛《いら》つき、舌打ちをしたくなる。

「母さん」

佑馬が市子を見つけ、笑顔で近づいてきた。

「バウムクーヘン食べる？　さっき患者さんがくれたんだけど」

能天気な佑馬の顔を見て、市子はわざと大きなため息をつき、バウムクーヘンの紙袋を乱暴に受け取った。

「明日の十二時から空いてるわね？」

「えっ？　明日は広報部でランチの予定が……」

「そんなことどうでもいいから来なさいよ！」

市子は歯を食いしばりながら、どうにか大声で怒鳴るのを堪えた。

「は、はい、失礼します！」

佑馬は市子のあまりの形相に、飛びのくようにして去っていった。

「ったく」

「佑馬くんを会長に会わせるんですか？」

鮎川が市子に問いかける。

「これ以上、婿養子に好き勝手なことはさせない」

と、市子の白衣の中で、スマホが震えた。

「はい」

電話に出た市子は、内容を聞いて鮎川を振り返った。

昼休み、編集部の隅で電話を受けていた海斗は、大きなため息をついて、うなだれていた。

「どうしたんですか」

通りかかった紗耶に問いかけられる。

「親父の意識が戻ったらしい」

言いながら、海斗はデスクに戻った。

「っていう人のテンションじゃないですよね？」

紗耶もついてきて、背中合わせに腰を下ろす。

「なんでそんなにお父さんを嫌うんですか？」

「……子どもの頃はさ、尊敬してたんだよ。命を救う姿見て、すげえなって」

周りに誰もいないのを確認して、海斗は話しだした。

「でも、母さんが死んでから、親父は変わった。医者よりも、理事長の椅子を守ることに一生懸命になってさ。親父、婿養子なんだ。だから、天堂家に残るために必死だったんだよ。母さんの葬式でも、出世のことで揉めてた」

＊

二十四年前――。

母親の葬儀で、遺影を手に泣いていた海斗は、市子が父親の天堂皇一郎《てんどうこういちろう》に詰め寄る声に驚き、祭壇のほうを見た。近しい数人の親族が皇一郎を囲んで集まる中、位牌を手にした智信は無言で佇んでいる。

「妹が死んだ今、この人は天堂家と関係ないでしょ？」

「もう決めたことだ」

皇一郎は食ってかかってくる市子の言葉には聞く耳を持たなかった。

「よろしく頼みますよ」

皇一郎に言われ、智信は深く頭を下げた。市子以外の親族は拍手をしている。皇一郎は歩きだし、海斗の頭を撫でて去っていった。

市子はつかつかと歩いてきて「邪魔なんだよ！」と、海斗の肩をつかんでどかし、どこかへ歩いていった。床に落ちた遺影を拾い上げ、海斗はさらに泣いた。

＊

「後継者争いで家族がずっといがみ合ってる家なんだ」

海斗は話し続けた。

「それで病院が嫌になって、医学部入ったのにやめて、記者になったんですか？」

紗耶が尋ねてくる。

「……まあ」

海斗は自分の机に向き直り、両肘をついた。

「天堂さん、お客様です」

そこに、編集部員が声をかけに来た。誰かと思い顔を上げると、私服姿の市子が現れ、ほほ笑みながら海斗に向かって手を挙げた。海斗は市子を睨みつけた。


目を覚ました智信は枕を少し高くして、窓の外を見つめていた。木々は紅葉し、鳥がさえずっている。

「先日、取材を受けた雑誌の原稿修正が届きましたが」

高村がさっそく仕事の話を始めた。

「置いておいてくれ」

「はい」

高村は棚にファイルを置き、にこやかにベッドで横たわっている智信のほうを振り返った。

「海斗くんがいる会社だからですよね？　取材を受けたの」

「……あいつから折り返しは、あったか？」

「昨日ここにいらしてたんですよ」

「海斗が？」

「ええ。プロジェクトのことお伝えしておきました」

「それで？」

智信は思わず身を起こそうとしたが、力が入らない。

「あまり、興味はなさそうなご様子でしたが」

「そうか……」

智信はため息をついた。

「大きくなられましたね、海斗くん」

感慨深げに話す高村を見て、智信は二十四年前、海斗の手術を終えた日を思い出した。

＊

母親を亡くした八歳のとき、海斗は心臓の手術をした。

「ほんとに治ったの？」

麻酔から覚めた海斗は、病室のベッドで不安げに智信を見た。

「手術は成功だ。よく頑張ったな」

「お父さんが手術してくれたから怖くなかったよ」

真っすぐな目で言う海斗に、智信は一瞬、言葉に詰まった。

「もう大丈夫だ。これからはたくさん食べて、大きくなるんだぞ」

智信は海斗の頭を優しく撫でた。


退院し、すっかり元気になった海斗は、よく理事長室に遊びに来た。

「よいしょ」

理事長の椅子に座っていた智信は海斗を膝に乗せた。ずっしりとした重みに、海斗の成長を感じて安堵する。

「お父さん」

「ん?」

「僕、大きくなったらお医者さんになる。お父さんと一緒に僕みたいな子の命を救うんだ」

「……あぁ」

智信は海斗のさらさらな髪を撫でた。息子が心からいとおしいと思った。


十五年後、二十三歳になった海斗が理事長室を訪ねてきた。昔は憧れの目で理事長席を見ていた海斗は、実に冷めた目をして立っていた。

「なんだ、話って」

会議を終えて理事長室に戻ってきた智信は、机の上に資料を置いた。

「……大学やめるわ」

うつむき、暗い目をして言う。

「えっ。あと一年で卒業じゃないか。継がないのか? この病院を」

海斗は医学部の五年生だった。

「海斗？」

「……正直、うんざりなんだよ。病院にも、この家にも」

海斗は吐き捨てるように言い「とにかく……もう決めたから」と、背中を向けて出ていく。智信は力が抜けたようになり、椅子に腰を下ろした。


海斗は廊下に出てスマホを見ていた。大学の教務課からメールが届いている。タイトルは『至急　留年対象者へ』『医学部五年天堂海斗様　留年対象者の学生証更新の手続きがまだされておりません』とあるが、海斗は更新する気はなかった。そして、海斗はその日以来、天堂記念病院を訪れることはなかった。

＊

海斗は会社の一階にあるカフェで市子と向かい合っていた。とはいえ市子の顔を正視できず、椅子に横向きに座る。市子はローズヒップティーを注文したが、海斗は何も注文せずにいた。

「用件はなんですか？」

「怖い顔して。かわいい甥っ子がどんな会社で働いてるのか、気になっただけよ」

涼しい顔で言う市子に、腹を立てるエネルギーもない。

「病院に戻ってくるなって言いに来たんですよね」

さっさとけりをつけたくて、海斗は自分から言った。市子は飲んでいたローズヒップティーのカップを置き、海斗をじっと見つめる。

「……あなたのためでもあるのよ」

そう言われ、横を向いていた海斗は市子を見た。

「まもなく理事長選があるでしょ？　あなたが理事になれば、智信さんは一票増やせる」

市子は海斗のほうに身を乗り出した。

「利用されてるのよ。智信さんがなんの理由もなく、あなたなんか呼ぶはずないでしょ」

目を細めて言う市子が、心底不愉快だ。

「……病院に戻るのもいいですね」

海斗はフッと笑った。

「え？」

「患者の治療もせず、出世しか考えない医者たちを一掃するのもいいかと思って」

海斗が言うと、市子も笑みを漏らした。海斗は伝票を手に立ち上がり、編集部に戻った。市子はローズヒップティーのポットを傾け、ドボドボとカップに注ぐ。真っ赤な液体がカップから溢れても、注ぎ続けた。

病院のことを考えると暗い気持ちになる。家に陽月が来ているのだから楽しく過ごしたいのに、どうしても胸の奥がつかえている。夕食を済ませてソファに座っていても、ついつい市子に言われたことを考えてしまう。

「何かあった？」

コーヒーを淹《い》れてくれた陽月が声をかけてきた。

「えっ？」

「ずっと難しい顔してるから」

「……別に」

海斗は無理に笑顔をつくった。

「もしかして病院に戻る話？」

「えっ？」

なぜ陽月が知っているのかとぎょっとする。

「噂聞いたよ。理事長もやっぱり、海斗に病院を継いでほしいって思ってるんじゃやない？」

病院で噂になっているとは驚きだ。海斗は黙ってコーヒーを飲んだ。

「どうするの？」

「……戻るわけないだろ」

コーヒーカップを置いて、ソファに深くもたれる。

「ん？　じゃあ、将来どうするの？　ずっと今の仕事するの？」

キッチンで片付けをしていた陽月が、戻ってきて海斗の前に座った。

「そのつもりだけど」

「じゃあ、私とのことは？」

「えっ」

突然話の方向が変わって、海斗は動揺した。

「私たち、もう付き合って二年だよ。でも、一回もお父さんに会わせてもらってない。病院でも関係を隠し続けてるし」

陽月は頑張って笑みを浮かべているけれど、余計に責められている気になってくる。

「俺たちのことに家族は関係ないだろ」

父親のことを持ち出され、海斗は頭を掻きながら立ち上がった。

「それに俺はあの人と関わるつもりないし」

棚に置いてあったスマホを手に取る。

「あの人？　ねえ……お父さんでしょ？」

背中越しに、陽月の声が聞こえる。

「海斗のお父さんに対する態度見てると……正直不安になる。家族って支え合うものじゃないの？」

「そうかな？」

思わず笑ってしまう。「それは陽月の考えだろ？」

「えっ？」

「俺はさんざん見てきたんだ。家族だからこそ、憎しみ合ったり、邪魔になったりすることがあるって」

声を荒らげながら陽月の前に戻り、向かい合う。

「わからない……私は邪魔だなんて、思ったことないから。美咲のこと」

陽月も強い口調で言い返してくる。

「いや、陽月の家のこと言ったわけじゃなくて……」

「……私は、家族だから……支えないと……何があっても守んなきゃって思ってる！」

「それはわかってるよ」

「わかってない……わかってないよ」

陽月は首を横に振った。

「……誤解させたならごめん」

でも、家族のことはわかり合えない。それでも海斗は「悪かった」と謝り、ソファに戻った。

「……私はね、海斗とずっと一緒にいたいと思ってる。だから、もしも海斗が私との将来を真剣に考えてくれるなら、私は妹にも会ってほしいし、海斗のお父さんにも会わせてほしい」

陽月の言葉の意味は、海斗だってわかっている。だからこそ、この前プロポーズしようとした。でもタイミング悪く父親が倒れて……。沈黙を破るようにスマホが鳴った。

陽月がテーブルの上のスマホを取りに行く。

「美咲からだ。ごめん、今日は帰るね」

陽月はバッグと上着を手に、バタバタと出ていった。一人残された海斗は頭を抱えた。

マンションのエントランスまで出てきて、陽月は電話に出た。早足で歩きながら外に出る。

「……はい。先ほど残りのすべては振り込みました……今までお世話になりました」

ラウンジのカウンターでワインを飲んでいた佐竹徹《さたけとおる》は、電話を切って笑みを浮かべた。

「じゃ」

立ち上がり、隣に座っていた女性と席を立ち、店を出た。同じ店のソファ席には鮎川がいた。

「あ〜お久しぶりです」

店の女性たちが鮎川の席についた。

「レイコ、久しぶりだね。好きなもの頼んでいいから。君もいいよ」

鮎川は周りに座った女性たちに言い、上機嫌でシャンパンを飲んだ。


深夜、紗耶はエナジードリンクを一気飲みし、不倫記事の雑用をこなしていた。夜の編集部には紗耶しか残っていない。コピーした資料を藪田のデスクに置きに行こうとすると、会議机に置いてあるゲラが目に留まった。手に取って読み始めると、紗耶は表情を一変させた。

智信は病室で眠っていた。その寝顔を、白衣姿の郁弥が見下ろしていた。

翌日、市子と佑馬はホテルで昼食をとる皇一郎を訪ねていた。

「智信さんが、海斗さんを理事に推薦しているのは本当ですか？」

市子が問いかけたが、皇一郎は黙々と、目の前に盛られたカットフルーツを皿から手で取り食べている。

「いくら天堂家の一員とはいえ、病院を自ら出た者がいきなり理事の重責を担うのはどうかと。院内に混乱が生じでもしたら……」

市子は皇一郎の表情をうかがう。

「まずいな」

皇一郎が言う。

「はい！　そう思いまして。そこで佑馬に理事となるチャンスを与えてもらえないでしょうか？」

市子は目を輝かせたが、佑馬は「えっ？」と驚いている。

「広報部員として貢献してまいりましたので、院内の覚えもよく、本人もやる気になっておりまして」

市子が話している途中で、皇一郎の斜め後ろに控えていた若い秘書の永田綾乃《ながたあやの》がハンカチを手に近づいた。

「出来損ないはいかん」

皇一郎は食べていたアメリカンチェリーをハンカチに吐き出した。

「周りを腐らせてしまうからな」

出来損ないとは果物のことなのだろうか。それとも……。ムッとしている市子に向かって、皇一郎は続ける。

「理事の件は智信に一任しているから、あいつに聞いてくれ」

皇一郎は音を立ててお茶をすすり、満足そうに目を閉じた。


海斗は智信の病室に続く廊下を歩いていた。近づいてくるとピピピピと、心電計の警告音が鳴っているのが聞こえてくる。

「すみません、通ります」

看護師がカートを押しながら海斗を追い越し、中に入っていく。

「リドカイン」

中から医師の声が聞こえてきた。海斗も続いて駆け込んでいくと、心電計の警告音が鳴り響く中、若い医師が智信の処置をしていた。先ほどの看護師が補助に入っている。

「もう1アンプル準備して」

「はい」

二人は激しく痙攣する智信をはさむ格好で、ベッドの両側に立っていた。海斗は少し離れた場所からその様子を見ていた。

「……あっ」

智信が目を閉じながら、声を発した。心電計の音も落ち着いていく。

「バイタル安定しました」

看護師の声に、海斗は安堵の息を漏らした。

「循環器内科の久保《くぼ》先生に報告を」

「はい」

看護師は立ち尽くしている海斗の脇を通り、カートを押して出ていった。海斗は先ほどまで看護師がいた位置に移動し、智信の顔をのぞき込んだ。

「天堂海斗さん、ですね」

向かい側から、若い医師が声をかけてくる。

「……あなたは？」

「心臓血管外科の大友郁弥です。よろしくお願いします」

夕日の差し込む病室で郁弥の顔は逆光になり、彫りの深い顔にさらなる陰影をつくっている。海斗は小さく会釈をした。

「海斗……？」

智信がうっすらと目を開けている。

「親父」

海斗は智信のほうに身を乗り出した。智信は顔を動かし、郁弥を見た。郁弥は視線を受け止めて、海斗を見る。

「失礼します」

そして一礼し、病室を出ていった。


「容体が急変？」

会議室で、市子が声を上げた。

「また新たに心筋虚血が発症したようで、いつまた容体が悪化してもおかしくない状況かと」

望月が起立して報告していた。

「つまり」

鮎川が先を急かす。

「万が一のことも考えないといけないかもしれません」

望月の言葉に、会議室の面々は深刻な顔で黙り込んだ。一点を見つめていた市子は、視線を逸《そ》らし、空の理事長席を見た。


海斗と二人きりになると、智信はベッドの背もたれを少し上げてくれるように頼んだ。体を起こした体勢になり、酸素マスクを外す。

「……いいのかよ」

ついさっきまで危険な状態だったのに。ベッドの脇に座っていた海斗は、不安な気持ちで尋ねた。

「自分のことは自分でわかる。これでも医者だからな……」

智信はどこか自嘲気味にフッと笑った。

海斗はためらった後、切り出した。

「……話したいことがある」

「プロジェクトのことか？　高村から聞いたか？　直接言おうと思ってたんだが……」

智信は海斗に体を向けた。

「そのことじゃない。てか、いつまでこんなことやってるんだよ？　病院に俺が必要なのも自分の地位を守るためなんだろ？　家族を利用してまで……そこまでしてしがみつきたいものなの？」

海斗は感情が高ぶり、立ち上がった。

「権力って……俺の人生をなんだと思ってるんだよ……」

海斗は病室を出ていこうと背を向けた。

「海斗」

呼び止められ、海斗は振り返った。いったい何を言われるのだろうと、次の言葉を待つ。

「メシは、食べられてるのか」

だが、智信の言葉に海斗は拍子抜けした気分を味わっただけだった。

「……バカにすんなよ」

海斗は智信を睨みつけ、病室を後にした。

病室のそばにやってきた市子と鮎川は、廊下の曲がり角で立ち止まった。

「また来てますね」

鮎川は廊下を歩いていく海斗を見て言った。市子は暗い目で、遠ざかっていく海斗の背中を見つめた。


病院からの帰り、海斗は紗耶を呼び出し、五十嵐の店で飲んでいた。

「メシは食えてんのかって、記者の仕事バカにしてんだよ」

つまみをむしゃむしゃ食べながら、海斗は愚痴をこぼした。

「結局、言えなかったんですか？　陽月さんのこと」

「言っても無駄だよ。自分の立場のことしか頭にない」

海斗はビールジョッキをぐいっと傾けた。

「陽月のこと、天堂家にふさわしくないって否定されるに決まってんだよ」

「おい、荒れてんな」

アンチョビオリーブ味のタコ焼きを持ってきた五十嵐が言う。

「お、うまそう」

海斗はすぐに取り皿に移し、フーフーと息を吹きかけながら食べ始める。紗耶は鞄から封筒を取り出し、海斗に差し出した。

「何これ」

「来週出る天堂記念病院の特集記事です」

「えっ？」

「読んでください」

「いいよ」

「いいから」

紗耶は封筒を引っ込めることなく、真剣な瞳で海斗を見ている。はあ、と大きなため息をつきながらしぶしぶ受け取り、中身を取り出すと、『天堂記念病院新病棟プロジェクト　心臓血管外科センター設立への想い』というタイトルの、智信のインタビュー記事だった。


『このプロジェクトはある少年との約束がきっかけとなった。その少年は、重い心臓病を患っており、症例は複雑で、心臓血管外科のない天堂記念病院では、設備も専門医も何もかもが足りなかった。

私は大病院の理事長という立場でありながら、心臓血管外科のある専門病院に頭を下げて回るしかなかった。私には、少年を救えなかった。

日本で心臓に病を抱える子どもは数多くいる。だが採算が取れないという理由で、心臓血管外科のある病院は多くない。それ故に救えなかった命は幾つもある。

だから私は思う。心臓血管外科センターの設立こそが、天堂記念病院にとってやるべき事業だと。そのために、私のキャリアのすべてをかける。子どもたちの未来のために。

そして……少年との約束のために』

海斗は記事を読み終えた。

二十四年前、手術を控え入院していた海斗に、智信はしょっちゅう会いに来てくれた。「お父さん。僕、治るの？」と聞いた海斗に、智信は「治るさ。父さんが絶対に治してみせる」と、約束してくれた。手術が成功したときも智信がそばにいてくれたし、智信が手術をしてくれたと信じていた。自分も将来は医者になり、智信と一緒に自分のような病気の子どもの命を救うと心に誓った。だが結局、医大を中退し、智信ともほぼ絶縁状態になった。

海斗はゲラを手にしたまま、しばらく動けずにいた。

「病院に呼び戻したのも、先輩との約束があったからじゃないですか？　自分の立場を守りたいとかじゃなくて」
紗耶に言われるまでもなく、海斗もそう思い始めていた。

「もしかしたらずっと責任感じてたのかも。先輩が医者に嫌気がさす原因をつくってしまったって」

紗耶の言葉が、胸に突き刺さる。海斗は唇を噛み、うつむいた。

「って、余計なお世話ですよね。ホントすみません。でも、私には先輩の想いを無視するようなお父さんには思えないっていうか」

海斗は、智信が笑顔でインタビューに答える写真を見つめたまま、動けなくなっていた。

夜、お風呂から上がった陽月は、ベッドで眠る美咲の顔を見つめていた。そして頭を撫でていると、涙がこぼれそうになる。陽月は慌てて上を向いて堪え、布団をかけ直した。

自宅に帰ってきた海斗は、インタビュー記事を読み返していた。
編集部に会いに来た市子の言葉に惑わされてしまい、智信にとんでもないことを言ってしまった。もう取り返しがつかないかもしれない。でも……。

迷った末に、海斗は智信に電話をかけた。でも、つながらない。

『発信音の後にメッセージをお入れください』

無機質な音声が告げる。

「……さっ……きはごめん。近々時間もらえないかな？　話したいことがあるんだ」

つっかえつっかえ、メッセージを残した。そして、テーブルの上に置いてある婚約指輪の箱を見つめた。


智信のスマホが鳴っている。だが、智信は眠っていて気づかなかった。棚に置いたスマホが光り、「22：47」という時刻の下に留守番電話一件と表示される。表示が消えて暗くなると、病室の戸が開き、白衣の人物が入ってきた。ためらうことなく輸液チューブの三方活栓にシリンジを繋ぎ、注射器で茶色っぽい液体を注入する。液体は管を通して智信の体に入っていく。すると心電図が乱れ、警告音が鳴り響くとすぐに白衣の人物は病室を出ていった。しばらく経ち、心電図が止まり、ピーッと無機質な音が鳴った。

智信の葬儀の日は、雨だった。

お堂で読経が続く中、海斗は喪主の席に座り、うつむいていた。隣には皇一郎が座っている。

焼香が始まり、市子、鮎川、三輪ら理事たちが焼香をし、海斗に頭を下げて席に戻る。

「容体が急変したんですって」

「残念ね」

看護師たちが小声で話すのが聞こえてきた。ほかにも大勢の病院関係者が押し寄せている。医師たちが順に焼香をし、新任の郁弥も海斗に頭を下げて焼香し、遺影に手を合わせた。皇一郎は焼香を終えて戻っていく郁弥を目で追っていたが、海斗はそれに気づかなかった。やがて、陽月の番がきた。陽月は智信の遺影に一礼し、焼香をした。

出棺準備が始まり、海斗のもとに葬儀スタッフが近づいてきた。

「喪主挨拶は、予定通り天堂海斗さんで大丈夫でしょうか?」

問いかけられ、答えようとしたとき、近くの席にいた市子が立ち上がった。

「無理しなくて大丈夫よ。今はまだ気持ちの整理ができてないでしょ？　突然のことだったもの。私もまだ信じられなくて……」

市子は芝居がかった口調で言う。

「私が代わりにやるわ。あなたは休んでて」

市子は海斗の肩に手を置いた。不快だったが、強く拒否する気力もなく、海斗はうつむいた。市子はマイクスタンドの前に立って挨拶を始めた。

「本日はご多用の中、天堂智信の葬儀にご会葬いただき、誠にありがとうございます。故人は婿養子という立場でありながら、妹が亡くなった後も天堂記念病院に尽くし、私たちも血のつながりを超えて、家族として慕っておりました」

家族？　海斗は挨拶をする市子を睨みつけた。

「いつも二人で……」

市子は智信の遺影を振り返り、続けた。「この天堂記念病院の未来について語り合ってまいりました。天堂記念病院の新たなプロジェクトも、二人で長年かけて構想してきたものです。その実現の間近でまさかこんなことになるとは……想像もできませんでした」

涙を流す市子を、海斗はありったけの憎悪を込めて睨み続けた。

「だからこそ、故人の遺思を受け継ぎ、この私が、当院のさらなる発展に責任を持って努める覚悟でおります。どうか皆様、変わらないご支援ご鞭撻をよろしくお願いします。きっと、それこそが天堂智信が願ったことであり……」

「ふざけんな！」

ついに我慢の限界がきて、海斗は叫んだ。

「あんた……一度でも親父のことを家族だって思ったことあんのかよ」

「ちょっと、海斗くん」

止めようと立ち上がった佑馬を振り払い、市子に近づいていく。

「本当は笑ってるんだろ！　心の中で！　邪魔者が消えたって！」

海斗は市子が使っていたマイクスタンドを床に思い切り倒した。

「なあ、そう思ってんだろ！」

吠えるように市子に迫る海斗を、病院関係者たちが引き離した。

「離れろ！」

海斗は床に倒された。二十四年前、床に落ちた母親の遺影と重なる。

「おらぁぁぁぁ！」

再び市子に挑んでいこうと吠えた。

「海斗くん！」

病院関係者たちが海斗を羽交い締めにして引きずっていく。

「放せ！　なんか言えよ、おい！　放せ、くそ！」

海斗は引きずられていき、外に出された。

郁弥は病院関係者の最後列で、一連の流れを黙って見ていた。海斗が引きずられていったところを目で追っていると、看護師の木谷景子《きたにけいこ》と目が合った。智信が痙攣した夜、郁弥と共に処置に当たった看護師だ。景子は気まずそうに郁弥から目を逸らした。

廊下のベンチに、海斗は悄然《しょうぜん》と座っていた。

「海斗くん」

高村が、ペットボトルのお茶を手に近づいてきた。顔を上げた海斗にお茶を渡し、隣に腰を下ろす。

「私は本当に、どうお詫びすればいいいか」

「……高村さんのせいじゃないですよ。俺……最後にひどいことを言ってしまったんです。父の気持ちなんて何も知らずに。もう謝ることもできません」

「……智信さん、喜んでいましたよ」

高村は穏やかな口調で、あの日のことを振り返る。

「海斗さんには明日にでも、私のほうから改めて説得を」

海斗が訪ねてきた晩、高村は智信に言った。

「もういい。好きなようにさせよう」

智信はそう言うと、しみじみ「……大きくなったな」と、目を細めた。「昔は小さくて細かった。ろくに食べない子だった。それがあんなに怒鳴れるくらい大きくなった。それだけで、十分だ」

智信はそう言って、フフと笑った。


「智信さんは、海斗さんの体をいつも気にされてました。あいつはちゃんと食べてるのかって。いつまでも幼い頃の体が弱かった海斗さんのことが頭から離れなかったんでしょうね」

二十四年前、手術を終えた海斗の頭を撫で、智信は「これからはたくさん食べて、大きくなるんだぞ」と言った。

だからあのときも「メシは、食べられてるのか」と気にしていたのだ。なのに海斗はバカにされていると受け取ってしまった。

海斗の目に涙がこみ上げてきた。体が震えてきて、嗚咽《おえつ》が漏れる。高村は立ち上がり、海斗の肩にそっと触れて去っていった。

「親父……ごめん」

海斗は顔を覆い、泣き続けた。


智信の出棺の時間が迫っていた。最後のお別れだ。海斗が気を取り直して葬儀会場に向かおうと立ち上がると、背後から近づいてきた人物が、黒手袋をはめた手で海斗の口にガーゼを当てた。海斗は廊下に後頭部を打ちつけて倒れると、頭部から出血し、意識を失った。

海斗の喪服のポケットでスマホが震えたが、黒手袋の人物はスマホを奪って去っていった。


電話をかけていたのは陽月だ。出棺が近づいているのに、海斗は現れない。

「そろそろ時間ですが……どうされますか」

葬儀場のスタッフが親族たちを見る。

「……行こうか」

杖をついた状態でようやく立っている皇一郎が、悲痛な面持ちで言った。

「それでは皆様、合掌をお願いします」

スタッフの声かけで、その場にいた全員が手を合わせた。


四日後――。

「おはようございます」

紗耶が出勤すると、薮田がスマホの画面を見て「どうなってんだよ」と苛ついた声を上げていた。

「何かあったんですか？」

「ああ？　天堂と葬式の日からずっと連絡つかねえんだよ。入稿前なのによぉ……なんか聞いてるか？」

「あ、いや……」

紗耶は海斗のデスクを見つめた。

陽月はナースステーションでこっそりスマホを見ていた。海斗とのメッセージ画面を開いても、返信は届いていなかった。

『昨日は無事に帰れた？　ひとまずゆっくり休んでね』『何かあったら連絡してね』『つ

らかったよね。落ち着いたら連絡ください』『ちゃんとごはん食べてる？　連絡待ってます』『海斗、大丈夫？』と、毎日メッセージを送っているけれど、すべて未読のままだ。


皇一郎はホテルの一室で赤ワインとステーキの朝食を食べていた。

「会長、お着きになりました」

綾乃が部屋に入ってくる。皇一郎が顔を上げると、そこには郁弥が立っていた。


天堂記念病院の会議室では理事会が開かれていた。

「それでは、次回定時総会で理事長を選任するまで、定款の規約により、理事長代理を院長に兼任いただくことで各位よろしいでしょうか？」

鮎川が言うと、理事会一同拍手で賛成の意を示した。市子は立ち上がり、頭を下げた。

「では続きまして、新病棟プロジェクトの責任者でございますが、ご推薦、ございますでしょうか」

鮎川は会議室を見回した。

「前理事長は天堂海斗さんを推していたそうですが」

三輪が向かい側の席から言ったが、

「ただ、葬儀以来、連絡も取れないんですよね？」

望月が切り返す。

「やはりここは新理事長に決めていただくのがいいかと」

鮎川が言うと、市子は口元をほころばせる。

「理事長代理」

鮎川に促され、口を開こうとしたとき、ノックの音がして扉が開いた。

「失礼します」

綾乃の声がし、皇一郎と共に入ってきた。

「会長！」

理事たちは立ち上がり、頭を下げた。

「その件で、私から推薦したい人物がいる」

皇一郎の言葉に、市子は途端に不安になる。皇一郎の背後から現れたのは、郁弥だ。

「大友先生？」

三輪が声を上げた。

「新病棟プロジェクトを、大友先生に一任しようと思う」

郁弥は無言で理事たちを見回した。目論見が外れた市子は体から力が抜け、立っているのがやっとだった。

その頃、海斗は木漏れ日の差す病室で、医療機器に囲まれて眠っていた。

2

海斗が目を覚ますと、視界はぼんやりとかすんでいた。だんだんと焦点が合ってくる。

ここはどこだ？　なぜここにいるのだろう？　体にうまく力が入らなかったが、海斗はどうにか起き上がった。青い入院着を身に着け、点滴に繋がれている。どうやら診察室のようだ。と、ドアが開き、医師とみられる白衣姿の男が入ってきた。

「おはようございます」

医師は窓側に移動した。

「あ……」

聞きたいことは山ほどあるが、咳き込んでしまい、うまく声が出せない。

「そのまま」

医師は海斗を制し、白衣の中から医療用ペンライトを出して、海斗の瞳孔を確認する。

眉が太い中年男性だが、初めて見る顔だ。

「呼吸も安定してますし、退院して問題ありませんね」

海斗は点滴を外された。

「これから問診が入っておりますので、失礼します」

医師は去っていった。だがこれからどうしたらいいのだろう。頭も体もうまく動かなかったが、時間をかけてベッドから下り、足をもつれさせながらも壁伝いに廊下に出た。

「……すみ、ません」

呼びかけてみたが、周囲には誰もいない。仕方なく、海斗は病室に戻った。ふと横にあった洗面台の鏡をのぞくと、ひげに覆われた自分が映っている。

「……えっ？」

海斗は息を呑み、伸びたひげに触れた。あたりを見回すと、棚に畳まれた喪服があった。ワイシャツには血がついている。

思い出そうとすると、頭痛がした。だが海斗は、智信の葬儀の日に何者かに背後から襲われ、気を失ったことを思い出した。


喪服に着替え、廊下を歩き受付に出てきた。

「すみません」

喉から声を発するのがつらいが、なんとか絞り出す。だが、やはり人の気配はない。入り口にある靴箱には海斗の革靴だけがぽつんと置いてあったので、履いて外に出る。

周りは背の高い木々に囲まれていて、早い時間なのか、日差しが弱い。どうやら山の中のようだ。錆びた門を出ると、ずいぶんと劣化した看板があった。消えかかった文字で『中山診療所』と書いてある。住所は山梨県富士倉郡大山町１１３４とある。

「富士倉郡？」

まったくなじみのない土地だ。山梨ということは、東京から遠くはない。だが山梨のどのあたりなのか、右も左もわからない。山道を歩き、トンネルをくぐると橋があった。

「どこだ？」

とりあえず進んでいくと、今通ってきたトンネルからトラックが出てきた。停まってもらおうと、手を挙げた。トラックはクラクションを激しく鳴らして急ブレーキをかけ、海斗の目の前で停車した。

「危ねえな、おまえ！　何やってんだ、こんなとこで!?」

運転手が窓から顔を出して海斗を怒鳴りつけ、そのまま発進しようと顔を引っ込める。

「あ、あの！」

海斗はすがるように声をかけた。

運転手は海斗を怪しみながらも、助手席に乗せてくれた。事情を話すと、まずは近くの工場に寄ってから東京に行くと言った。

「東京なら通るからいいけどよ。ヒッチハイクならもっとマシな言い訳考えねえと」

車から降りて工場で荷物を積み込みながら、運転手が言う。

「嘘じゃないんです」

「無理無理。あんたの言うように、東京で襲われたんなら、なんでこんなとこで入院してんだよ」

「それは……」

海斗こそ教えてもらいたい。

『おはようございます。四月六日午前九時三十分のニュースです。今日の天気は晴れ。予想最高気温は二十一度……』

近くの作業員が聞いているラジオの声が聞こえてきた。海斗は近づいていき、パイプ椅子の上に置いてあった小型ラジオを手に取った。

『今日は全国各地で入学式が行われているようです。記念すべき日に……』

「おい、どうした?」

運転手が近づいてくる。海斗は訳がわからず、ぼんやりと立っていた。

「大丈夫かよ、おまえ」

首をかしげながら作業に戻る運転手の尻ポケットにあるスポーツ新聞に気づいた。

「あっ、すみません！」

海斗は新聞を抜き取り、日付を確かめる。やはり四月六日だ。

「四月？　今って十一月じゃ」

「おまえ、ホントに大丈夫か？」

「す、すみません……携帯……携帯貸していただけませんか!?」

海斗は怪訝《けげん》な表情を浮かべる運転手にお願いします、と頼み込んだ。運転手は困惑しながらも、ほら、とスマホを差し出した。

「えっと……」

海斗は陽月の携帯番号を思い出しながら数字を打つ。何度か呼び出し音が鳴り、つながった。

『もしもし』

「陽月！　俺、海斗」

海斗は声を上げた。

『……えっ？』

「俺、さっき目が覚めてさ、知らない病院にいて。でも、とにかく無事だから。ごめん、心配かけて。もうすぐ東京に戻るから」

海斗はまだあまり回らぬ舌で懸命に言った。しかし、

『……どういうつもり？』

陽月は予想外の冷たい声で言う。

「えっ」

『もう連絡してこないで』

電話は一方的に切れてしまった。

「ちょっと……えっ」

声を上げた海斗に、運転手が「ほらな、無理あるだろ」と、呆れたように言った。


とりあえず新栄出版の近くで降ろしてもらった。

「天堂海斗です。社員証を忘れまして、パスもらえますか？」

受付で尋ねる。海斗の会社は社員証がないと入れない。

「部署はどちらに？」

「『週刊文潮』の編集部です」

受付の女性がパソコンに打ち込む。

「天堂海斗さんですよね？　申し訳ありませんが、弊社にそのようなお名前の社員はおりません」

「え？　いやいやいや、そんなわけないですよ。もう一回お願いします！」

自分はこの世に存在していないように扱われている。いったいどういうことだ。

「天堂？」

振り返ると、出勤してきた藪田だった。

「藪田さん！　ああよかった。俺、社員証なくて入れなくて」

海斗は藪田のほうに歩いていった。

「何しに来た」

だが藪田は海斗の脇を通りすぎ、社員ゲートに向かった。海斗は藪田を追いかける。

「えっ？　まさか俺、解雇されたとかですか？」

「当たり前だろ。メール一本で勝手に辞めやがって」

「メール？」

「何が自分を見つめ直す旅に出ますだ？」

藪田は海斗を振り切り、中に入っていこうとする。

「なんのことですか？　ちょっと待ってください！　俺、父の葬式の日に誰かに殴られて、ずっと意識がなかっただけで」

海斗は追いすがった。

「おまえが消えたおかげでどんだけ苦労したか、わかってんのか？」

「嘘じゃないです。本当なんです」

海斗は必死に藪田の両腕をつかんだ。

「なあ。誰が信じんだよ、そんなデマ」

藪田は海斗の手を振り払うと、ゲートを通過していってしまった。

「……どうなってんだよ」

戻ってきた世界は異世界のようだ。海斗は途方に暮れた。


紗耶が自席でパソコンに向かっていると、藪田が憤慨している声が聞こえてきた。

「今さらどのツラ下げてって感じだよな」

「どうしたんですか？」

近くにいた女子社員が尋ねた。

「あ？　天堂が下に来てたんだよ」

海斗の名前が出たので、紗耶は振り返った。

「天堂さんが?」

「おう」

「どうして?」

「いや、知らねえよ」

藪田たちのやりとりを、紗耶はじっと聞いていた。


市子を先頭に、鮎川と三輪、望月は院内の二階フロアを大名行列のように歩いている。

そこに、喪服を着た無精ひげの海斗が現れた。

「あら~」

市子が、いまひとつ焦点が定まらずにいる海斗に声をかけた。

「あの日以来ね」

あの日……智信の葬儀の日、海斗は喪主の挨拶をしていた市子に食ってかかり、引きはがされた。その直後に、自分は何者かに襲われ姿を消した。

「さぞつらかったんでしょう。墓参りにも顔を出せないくらい」

市子の物言いはいつものように心がない。

「それは」

海斗は市子に迫った。だが市子は右手を出し、それ以上近づくなと制す。

「ゆっくり話したいところだけど、今日は大事な日なの。あいにく時間がないの」

「行きましょう」

鮎川が市子を促した。

「そんなみすぼらしい姿で、この病院に二度と足を踏み入れないで」

市子は去り際に、海斗に言った。市子を筆頭に鮎川たちが続く。それら一連のやりとりを、少し離れた場所にいた郁弥は黙って見ていた。


海斗は小児科病棟にやってきた。ちょうどナースステーションに、看護師長の佐奈江が入っていくところだった。

「葵ちゃんの点滴、変更になったの確認した？」

「はい、確認しました」

若手看護師とやりとりをしている佐奈江に、海斗は声をかけた。

「あの、朝比奈陽月さんはどちらに？」

「どういったご関係で？」

葬儀で顔を合わせているのだが、佐奈江は海斗がわからないようだ。かなり警戒した目で、海斗を見ている。

「あ、えっと……」

なんと言ったらいいのか海斗が考えていると「ひづきちゃん、これあげる」と、子どもの声がした。振り返ると、花の車椅子を押す陽月が歩いてくるところだった。海斗が歩み寄ると、陽月の表情はこわばる。

「陽月……さっきはごめん。急に」

「おともだち？」

車椅子の花が陽月を見上げる。陽月は困惑し、何も言わない。

「かれしだ」

「花ちゃん、お部屋戻ろうか？」

陽月が声をかけると、花は「大丈夫。一人で行けるよ」と言い、車椅子を漕いで病室に戻っていった。陽月も海斗に背を向けて歩きだそうとする。

「陽月。俺、その、何から話していいかわからないんだけど、葬式の日に誰かに襲われて、入院してて、そこがなんか山奥で……」

慌てて追いすがり、事情を説明しようとしたが、陽月は背中を向けたままだ。

「いきなりごめん。でも、とにかく陽月に会って説明したくて」

「……今さら、なんなの」

陽月が険しい顔つきで振り返った。

「えっ。待って」

海斗は去っていこうとした陽月の腕をつかんだ。

「本当なんだ、信じてくれ」

陽月の手を両手で握る。だが陽月は汚いものに触れられたかのように、振り払った。

「帰って」

そしてそのまま逃げるように去っていった。


午後は郁弥も大名行列に加わり、市子が先頭を歩いて会議室に向かった。ドアを開けて入っていくと、すでに着席していた三輪が『副院長　三輪光成』の職員証を不服そうな表情で手に取り、隣の院長席を見ていた。市子が理事長席に座る。鮎川は勝ち誇ったように三輪を見ながら、院長席に腰を下ろす。郁弥は自分の職員証が置いてある末席に座った。

「理事長、全員揃いました」

鮎川が市子に声をかけた。

「元理事長のご逝去から五か月、ようやく新体制が承認されました。天堂記念病院の未来のため、今こそ力を合わせましょう」
市子が立ち上がって言うと、会議室全体から拍手が起こった。笑顔の理事たちの中、三輪と郁弥は無表情で拍手をしていた。

海斗は自宅マンションに帰ってきた。郵便受けを開けると、大量の郵便物がなだれ落ちてきたが、拾う気力も湧かない。ぼんやりと郵便受けを見ていると、まだ少し残っていた郵便物の一番下に、合鍵が入っていた。陽月に渡していたものだ。二人で行った箱根で買ったチャームがついている。海斗は鍵を手に取って、しばらく見つめていた。そして郵便受けの扉を思い切り強く閉めた。

家の中に入ると、あちこちにうっすらと埃が積もっていた。枯れた観葉植物を一瞥《いちべつ》してリビングに入っていき、ダイニングテーブルに郵便物の山を放った。テーブルの上には智信のインタビュー記事が広げたままになっていた。喪服を脱いでため息をつくと、棚の上の固定電話が、赤く点滅していた。留守番電話の再生ボタンを押してみる。
『用件は四件です』とアナウンスが告げるのを聞きながら、ソファに座ってワイシャツを着替えようとした。『用件一。十一月十七日午後九時四十一分です』

ピーッと機械音が鳴った後、陽月の声が流れた。

『もしもし海斗？　携帯つながらないから、こっちにかけました。お父さんのこと、つらかったよね。落ち着いたら、連絡ください』

ピーッと鳴り『用件二』と、次の音声が流れる。

『陽月です。今日会社に行って、辞めたこと聞きました。しばらく東京離れるって……どうして？』

海斗は今すぐにでも陽月に説明したくなり、思わず立ち上がる。

『もしかして、こないだのこと？　私が、家族のことで海斗に重荷になること言っちゃったから……』

海斗はハッと思い出した。まさにこのリビングで、陽月とお互いの家族に対する思いの違いで対立し、その日は喧嘩《けんか》別れになった。

「違う」

海斗は電話機が置いてある棚に両手をつき、つぶやいた。

『もしそうなら、私もあのとき冷静じゃなかったし、海斗の立場も考えられてなかったから』

「違う」
もう一度言った。
『……もう一度話がしたいです。連絡待ってるね』
ピーッと音がして『用件三』と、次の音声が流れた。
『私たち……もう、ダメなんだよね』
「違う」
首を横に振り、口を手で覆った。訳がわからず、無念で涙が溢れてくる。
『最後に……』
陽月が言葉に詰まった。泣いているのだ。
『お願いだから二人で話せないかな』
涙声が告げるとまたピーッと鳴り、『用件四』と次の音声が流れた。
『陽月です』
もう決意を固めた声だった。
『鍵はポストに入れておきました。じゃあ、これで……』
海斗は停止ボタンを押し、棚の上に手をついてかがみ込んだ。
テーブルの上には、陽月に渡すために買った婚約指輪が置いてある。無気力に見つめていると、チャイムが鳴った。

「陽月？」

涙を拭い、急いでドアを開けると、紗耶が立っていた。

「お〜、ホントに生きてた」

紗耶は海斗の顔を見て、目を見開いた。

「木下……」

「えっ、てかどうしたんですか？」

紗耶は海斗が着ている血のついたワイシャツを見ている。

「なんかいろいろ情報量多いんですけど」

紗耶は人さし指で、海斗の全身を辿るように指した。


皇一郎がホテルの部屋の書斎でミネラルウォーターを飲んでいると、秘書の綾乃が現れた。

「海斗さんが先ほど病院にいらっしゃったそうです」

「ほ〜」

皇一郎はどこか他人事のように頷いた。

紗耶を家に上げ、海斗は葬儀の日と今日の一連の出来事を説明した。

「お葬式で襲われて？」

「そう」

着替えながら話しているうちに腹が立ってきて、海斗は乱暴な口調になっていた。

「気づいたら病院で？」

「そう」

「五か月も経ってた？」

「そう」

海斗は頷くしかない。

「いやいやいや。さすがに信じろって無理ありますよ」

「いや本当なんだって」

「陽月さんは？」

「今さらなんだ？って……」

「そりゃそうですよ。メール一本で突然旅に出ちゃうなんて。会社も大変だったんですよ」

「だから違うんだって！　俺はメールなんてしてないんだよ！」

「そんな怒んなくても」

「なんで誰も信じてくれないんだよ」

トレーナーに着替えた海斗はダイニングの椅子に座り、がっくりとうなだれた。

「もし仮に先輩の言うことが本当だったとして、陽月さんや会社を納得させるためには、先輩がずっと眠っていたことを証明しないと」

紗耶の言うことはもっともだ。

「なんかないですかね？　証拠とか？」

「証拠？」

「そのひげ以外に」

「証拠って言ったって……」

まだ正常に頭が回らない。だが、思い当たった。「……医者だ」

「えっ？」

「あの診療所の医者に証言してもらえばいいんだ」

海斗は上着を着て、出かける準備を始める。

「なんで俺があそこに入院してたのか？　連れていってくれたのは誰なのか？　あの医

者に聞けば、何かわかるかもしれない」

「え、今から行くんですか？」

「夜討ち朝駆けは記者の基本だろ」

「お気をつけて」

ソファで見送っている紗耶を、海斗はじっと見つめた。

「んっ？」

紗耶は上目遣いで海斗を見た。


小児科病棟の病室で、陽月は入院中の美咲の点滴袋を替えていた。今日は五か月ぶりに海斗に会った。最後に会った日の喪服姿で、無精ひげだらけの姿で現れ、訳のわからないことを言っていたけれど、どういうつもりなのだろう……。

「よく眠ってますね」

声をかけられ、陽月は現実に戻った。振り返ると郁弥がすぐ近くに立っている。

「……はい」

「明日から精密検査を再開します。準備しておいてください」

「はい。わかりました」

陽月は美咲の布団を直し、会釈をしてそそくさと病室を出た。

そのままナースステーションの自席に戻り、事務作業を始めた。引き出しを開けると、海斗からもらったキーホルダーがある。陽月の頭の中に、海斗と出会った日にクレーンゲームでこのキーホルダーを取ってもらった光景が蘇ってくる。でも……。陽月は思いを断ち切るように、引き出しを閉めた。


海斗と紗耶はレンタカーを借りた。助手席に座った海斗はカーナビに住所を打ち込んでいる。

「あの」

「あ？」

「なんで私まで？」

運転席の紗耶は不満そうだ。

「明日休みだろ？」

「富士倉郡？　こんな山奥にいたの？」

紗耶はカーナビの住所を見て声を上げた。

「ああ、間違いない。たしかに俺はここにいたんだ。よし行くぞ。飛ばせば三時間で着く」

気合いを入れる海斗を見て、紗耶がフフと笑っている。

「なんだよ」

「いや、その感じ先輩だなと思って。まあでもよかったです……無事で」

紗耶はしみじみ言い、笑顔で海斗を見た。近い距離で目が合う。

「行きますよ」

紗耶は前に向き直り、アクセルを踏んで車を走らせた。


診療所に到着したときは、日暮れが近くなっていた。

「ここだ。行こう」

海斗と紗耶は車を降り、入り口に近づいていく。海斗が入り口のノブを回してみると、ガチャリと音がした。

「すみませーん」

中に入っていき声をかけたが、海斗が数時間前にここを出てきたときと同じように、反応はない。

「ん～誰もいないっすね」

「どうする?」

海斗は紗耶を振り返った。

「えっ、行きますよ。何時間かかったと思ってるんですか」

もちろん中を進んでいく、その一択だ。薄暗い中を入っていくが、人がいる気配はない。

「なんか不気味っすね」

紗耶はキョロキョロ見回している。

「この部屋だ」

海斗は自分が眠っていた一室に向かい、部屋のガラス戸を開けた。

「はっ?」

部屋には何もなかった。

「なんで?」

「ホントにここで合ってますか?」

「今朝はたしかにここにベッドがあって、ほかにもいろいろ……」

医療機器や棚や洗面台があったはずだ。

「てことは、今朝、先輩がここを出た後に、誰かが片付けに来たということになりますね……ん？」

入り口に立って、部屋一帯をスマホのカメラで撮影していた紗耶が、突然窓辺に向かって走りだした。

「なんですか、これ」

床に落ちていたビニール製の袋を拾い上げる。

「あ？　点滴の袋。今朝俺が打たれてたやつ」

すると、海斗は何かに気づいたように声を出す。

「待って」

海斗は点滴袋を受け取り、剝がれかけたラベルを見つめた。

「どうしたんですか？」

紗耶が尋ねてくるが、海斗は黙って『ＮａＣｌ』と表示されているラベルを剝がした。

その下には『Ｍｉｄａｚｏｌａｍ』という別のラベルが貼ってある。

「ミダゾラム……」

「何それ？」

「麻酔だ。それもかなり強力な。一般の診療所じゃ、まず扱わない」

「……それが先輩の体に打たれてた。もしかしたらですけど、先輩は助けられたんじゃなくて、襲われた後ずっと眠らされてたんじゃ？　しかも意図的に」

「……五か月だぞ？　なんのために、そんなことするんだよ？」

怒りと疑問に声を震わせる海斗の背後で、紗耶はスマホをいじっていた。

「けど、少なくとも……ここはもう、診療所ではありません」

紗耶が見せたスマホの画面には『中山診療所』の検索ページが表示されている。

「二〇〇二年閉業？」

ここは診療所ではない。だったらなぜここに寝かされていたのだ？

「先輩、何か事件に巻き込まれたんじゃ？」

その線が濃いようだ。ではいったい誰がなんのために？　海斗の頭はさらに混乱するばかりだった。


仕事を終えた陽月は、スマホで話しながら病院を出てきた。

「うん……今日は先に帰るね」

歩いていく陽月の姿を、病院前に停めた車の中から佐竹が見つめていた。

翌日、海斗はひげを剃って髪を切り、智信の眠る霊園に出かけた。『天堂智信』と刻まれた墓に花を手向け、手を合わせてから顔を上げた。

「海斗くん？」

声をかけられて振り返ると、高村が歩いてくるところだった。

「高村さん……どうして？」

「今日は月命日ですから。やっとですね、智信さん」

高村は智信の墓に語りかけた。

「え？」

「寂しかったでしょうから。海斗くんに会えなくて……」

高村は海斗のほうに向き直った。

「今までどうされてたんですか」

海斗と会えて安堵したのだろう。穏やかな笑顔を浮かべ、尋ねてきた。海斗は迷ったが、高村を信頼し、すべてを話した。

「信じてもらえないのは、わかってます。でも、俺はたしかに葬式の日から、ずっと眠らされていたんです」

二人は墓参りを終え、手桶《ておけ》を手に並んで歩いていた。

「……ちなみに、海斗くんが目を覚まされたのは、いつですか？」

「えっ？　昨日ですが」

「昨日？」

高村が足を止める。

「何か知ってるんですか？」

「……あ、いえ。私は、もう隠居した身ですから」

高村は早足で去っていこうとする。

「なんでもいいんです、何か知ってるなら教えてください！」

海斗は高村を追いかけ、腕をつかんだ。

「海斗くん」

勘弁してくれ、とばかりに、高村は再び歩きだそうとする。

「真実を明らかにしたい……取り戻したいんです！　お願いします！」

海斗は手桶を地面に置き、真剣な瞳で訴えた。高村はしばらく黙っていたが、海斗が目を逸らさずにいると、固く結んでいた口を開く。

「昨日は……海斗くんが解放されたその日は……、天堂記念病院の新体制の理事会が正式に発足した日なんです」

「え……」

「もし海斗くんが智信さんの遺思を継ぎ病院に戻った場合、理事の座は約束されていました。それを疎ましく思う人間もいたことでしょう。理事会が発足するまで、海斗くんを遠ざけたいという考えが働いても不思議じゃない」

「まさか……」

「権力争いに巻き込まれたのかもしれません」

高村の言葉に驚きつつも、それならば……と、腑《ふ》に落ちるものがあるのも事実だった。


夜、海斗は五十嵐の居酒屋で紗耶を待っていた。

「先輩」

紗耶が店にやってきた。

「どうだった？」

「前にうちが取材した縁が役に立ちました。新しい理事名簿ゲットしましたよ」

「さすが」

紗耶は五十嵐にハイボールを注文し、海斗の向かい側に座った。

「俺は親父に新病棟のプロジェクトで呼ばれ、理事のポストも用意されていた」

「つまり、先輩の代わりに理事になった人物が疑わしいと？」

紗耶はタブレット画面に理事名簿を表示させ、海斗の前に置いた。顔写真と簡単な経歴付きで十三人の理事が掲載されている。

「新しい理事は三名です。西川晴彦《にしかわはるひこ》、東哲士《あずまてつじ》、大友郁弥。この中に、先輩があの診療所で見た医師は？」

「……いないな」

顔写真を見ても、昨日の白衣の男はいない。

「そうですか」

「この人……」

海斗は郁弥の写真を凝視した。

「大友郁弥？」

「親父を診ていた医者だ」

「慶成メディカルセンター出身の名医みたいですよ。帝都大学医学部を首席で卒業後、三十二歳の若さで難易度の高い心臓移植を成功に導いたとか。それで頭角を現したみたいですね」

紗耶は大友郁弥について詳細に調べてあった。

「そして五か月前、この病院に転院してきた……」

話していた紗耶はハッとなった。「え？　五か月前？」

「キャリアは申し分ないけど、この早さで理事に選ばれているのは引っかかる」

海斗は郁弥の顔写真を拡大した。

「調べる価値はありそうだな」


市子と佑馬は、病院の廊下を歩いていた。

「大友先生のお話をぜひ伺いたい、と新聞社から取材依頼が来てるけど」

佑馬が報告してくるが、市子は気に食わない。

「どうかな？」

黙っている市子に、佑馬が取材依頼の用紙を渡した。

「あなたはどう思うの？」

「めちゃいいと思うけど。異例の早さで出世したし、注目されるのも当然だよね。ビジュアルもいいしさ」

佑馬は笑顔で言ったが、市子は用紙をビリビリに破いた。

「新任理事を必要以上に持ち上げる必要はない。丁重にお断りしなさい」

市子は佑馬に手に残っていた用紙の一部を押しつけ行ってしまった。

「……はい、すみません」

謝りながら、佑馬は床に散らばった用紙を拾う。

「あんなに怒んなくてもいいじゃん」

ぶつぶつ言いながら資料を拾っていると、背後から何者かに両肩をつかまれる。佑馬はそのまま資材庫に引っ張り込まれた。


「海斗くん!?」

声を上げる佑馬に、海斗はシッと、指を口に当てた。

「ずっとどこに？」

「大友郁弥について教えてほしい」

海斗は佑馬の質問には答えずに言った。

「え」

「どうしてこんなにも早く理事になれたんだ？」

海斗は佑馬の腕をつかんで力を込める。

「会長の意向だよ。そのせいで俺は理事に選ばれなかったんだけどね」

ヘラヘラ笑っている佑馬が手にしている取材依頼書に、海斗の目は釘づけになった。

大友郁弥の写真が載っている。新病棟プロジェクトの責任者として郁弥が名を連ねていた。

「プロジェクトの責任者も彼が？」

「え、聞いてない？」

「んっ？」

「だって智信さんは、新病棟のプロジェクトを海斗くんと大友先生の二人に任せるつもりだったんでしょ？」

「はっ？」

「そもそもこの病院に大友先生を呼んだのも、智信さんだし」

「初めて聞いたよ」

「そっか」

「どうして親父は、大友郁弥にそこまで……」

「これはあくまで噂だけど……大友先生と智信さん、昔から繋がりがあったみたい」

昔から？　どういうことだ？　佑馬の言葉を聞いた海斗の頭に、さらなる疑問が湧いた。

市子は理事長の椅子に深く沈み込むように座り、ゆらゆらと左右に揺らしていた。出るのはため息ばかりだ。椅子を動かすのをやめ、机の上に突っ伏した。

「理事長、大変です」

いきなり鮎川が飛び込んできた。

「ノックぐらいしなさいよ――――っ！」

市子は狂ったように叫び、机を拳で叩いた。

「失礼いたしました」

鮎川は深々と頭を下げていたが、パッと顔を上げる。

「理事長、大友先生が」

「えっ」

市子はイヤな予感に顔を歪めた。

海斗と紗耶は郊外にある児童養護施設にやってきた。広々とした庭で、子どもたちが大縄跳びをして遊んでいる。

「声かけてみましょう」

紗耶は言ったが、海斗は足を止めた。なぜか以前見たことがあるような気がする。海斗は目を細め、施設の全景を眺めた。

「どうしました？」

紗耶に問いかけられ「いや」と短く答え、建物に入っていった。

「申し訳ありません、突然押しかけてしまって」

紗耶は前を歩く施設長の女性に声をかけた。海斗と紗耶は施設長に名刺を渡して取材を申し込み、中に入れてもらったのだ。

「いえいえ。あの子の取材だなんて、嬉しいですよ」

施設長は心から嬉しそうな表情を浮かべている。廊下を歩きながら海斗はずっと既視感を抱いていた。しかし記憶の糸を手繰《たぐ》っても、心当たりはない。

二人は応接室のような大きめの部屋に案内された。本棚に古いアルバムが並んでいる。施設長はアルバムの一つを取ってきて、海斗たちに見せた。

「郁弥くんは五歳のときにこの施設に入りました。お父さんは小さい頃に家を出ていってしまって、お母さんと二人で生活していたのですが、お母さんの持病が悪化してしまって。手術の甲斐なく、亡くなってしまったんです」

「それからずっとここで？」

紗耶が尋ねると、施設長は「ええ」と頷き、お茶を淹れ始めた。海斗は立ち上がり、お茶の準備をしていた施設長に近づいていく。

「この方との関係性をお聞きしてもよいでしょうか？　ご存じですよね？」

海斗は智信のインタビュー記事のコピーを見せた。

「……どうして」

にこやかだった施設長の顔がさっと変わった。海斗から目を逸らし、お茶を出すために応接セットのほうへ歩いていく。

「大友先生にインタビューした際、智信さんと懇意にしていると伺いまして。そのときは、詳しい関係性まで聞くことができなかったのですが。当時のことはここで聞くのがよいと大友先生が」

すらすらと嘘をつく海斗を、紗耶が横目で見ている。

「そうでしたか」

「ええ」

海斗はにこやかに頷いた。

「……智信さんは、郁弥くんに会うため、毎月ここを訪れていました。まるで本当の家族のように接していて、郁弥くんも心のどこかで智信さんのことを本当のお父さんだと思っていたようでした」

施設長の言葉に、海斗は複雑な気持ちになる。

「ただ……」

施設長は黙ってしまった。

「どうしました？」

海斗は平静を装って話の続きを促す。

「あの、本当に郁弥くんが懇意にしていると言ったんですよね」

「ええ、もちろん。智信さんのおかげで天堂記念病院に入ることができたと感謝していました」

「……そうですか」

施設長はぎこちなく笑う。

「何があったんですか？　二人に」

紗耶が続けると、

「教えていただけませんか？」

海斗はさらに畳みかけた。

「……智信さんは、郁弥くんのお母さんの執刀医だったんです。難しい手術だったそうです」

海斗は表情がこわばるのを隠すように、両手を顔の前で組み、話を聞いていた。

「中学に入ったばかりの頃、郁弥くんはその事実を知りました。彼がそのとき、どう感じたかはわかりませんが、それから郁弥くんは医師を目指すようになりました。智信さんとは会わなくなりましたが、経済的援助はずっと受けていたそうです……」

施設長は海斗たちにお茶をすすめた。そこに、養護施設の児童たちが「みてみて」と、絵を見せにきた。施設長が児童の相手をしている間に、海斗はうつむき、アルバムをめくった。海斗は施設の庭で遊ぶ郁弥と男の子たちの写真を食い入るように見つめた。


会議室に、理事たちが集められた。そこに郁弥が入ってきて着席する。市子は郁弥を暗い目で見ていた。郁弥は市子の視線に気づいたが、かすかに笑みを浮かべた。

「本日は新病棟プロジェクトについてですね。これについては、まだ我々も聞き及んでない部分が多々ございますが、大友先生から内容についてご提案があるということでよろしいでしょうか？」

鮎川が議長を務め、理事会が開始された。

「はい」

「では、お願いいたします」

鮎川に促されて郁弥は立ち上がった。

「本日はお集まりいただきありがとうございます。さっそくですが、新病棟を心臓血管外科センターから予防医療センターに変更することをここにご提案いたします」

郁弥の提案に理事たちはざわつき、互いに顔を見合わせた。だが郁弥はかまわずにモニターに資料を映し出した。

「心臓血管疾患の手術件数は、全国でも年間で七万件程度であり、決して多いとは言えません。利益が見込めない分野に多額の投資をすれば、今後の経営の重い足枷《あしかせ》となります。一方で、予防医療センターであれば患者数は約四十倍違います。今後三年以内にコストを回収、その後も高い利益率での稼働が見込めるでしょう」

「よろしいですか」

三輪が手を挙げた。

「大友先生は、心臓血管外科プロジェクトを推進するため前理事長に呼ばれたわけですよね？　であれば、この提案はあまりにも筋違いではありませんか？」

「では三輪先生は、筋を通すためならば病院が潰れてもかまわないということですか？　この病院が現在どのような経営状況であるかおわかりでいらっしゃいますか？」

郁弥の発言に、市子は目を見開いた。

「そんな極論を言ってるんじゃない！」

三輪も不快そうに声を上げる。

「この病院の未来を考えたうえでの提案です。会長の承認もすでに得ております」

郁弥の自信満々の口調に、理事たちはさらにざわついた。

「会長に？」

市子は驚きと動揺を隠せない。

「理事会に相談もなく……」

「勝手に……」

三輪と望月は絶句している。

「理事長、どうしますか？」

鮎川は市子を見た。

「……会長の承認が下りている以上、聞くしかないでしょう」

皇一郎の決定とあらば、市子にはどうしようもない。

「ありがとうございます。では、具体的な内容の説明に移らせていただきます。四ページ目をご覧ください」

郁弥はかすかに笑みを浮かべ、話を続けた。

海斗と紗耶は施設を後にした。

「大友郁弥はずっと、天堂記念病院を憎んでいたのかもな」

海斗は歩きながら言った。

「お母さんを手術した智信さんを恨むのはわかりますけど、なんで手術と無関係の先輩までさらったりしたんでしょうか？」

「これ」

海斗は上着の胸ポケットから、施設長から借りてきた写真を出した。

「なんですか？」

「そこに写ってるのは大友郁弥と、子どもの頃の俺だ」

鉄棒の前に男の子が何人かいるが、一番端で海斗が笑っている。

「えっ。先輩、大友郁弥と昔から関係が？」

「いや、まったく思い出せない……」

海斗は写真を再びポケットにしまって歩きだした。

「……そこで何かあったとか？」

「わからない。とにかく、大友郁弥は理事とプロジェクトの責任者の座を射止められる立場までできていた。そのタイミングで偶然にも親父が亡くなり、邪魔者は俺だけとなった。俺さえいなくなれば、と思っても不思議じゃない」

パーキングまで戻ってきた二人は、車に乗り込んだ。

「俺をさらって得したのも、動機があるのも、現状はあいつだけだ。直接、当たってみよう」

「先輩」

紗耶は突然、立ち止まった。

「ん?」

「ここからは、別で行動してもいいですか」

「どうした?」

「少し、気になることがあるので」

紗耶は具体的なことは言わなかった。

紗耶はとある地方の診療所に来ていた。もう診療時間が終わったからか、照明は落ちている。廊下で待っていると、お目当ての人物が歩いてきた。

「木谷景子さんですよね」

紗耶はすっと前に出た。

「ええ」

「少しお話聞かせてもらえませんか。以前お勤めになっていた、天堂記念病院について」

紗耶が名刺を出しながら言うと、景子の目が泳いだ。


海斗は天堂記念病院の地下駐車場で、郁弥を待っていた。

「大友先生」

呼びかけると、郁弥が振り返った。

「少しお時間よろしいですか?」

海斗と郁弥は向かい合う。

「すみません。予定がありまして。また今度にしていただけますか?」

郁弥は自分の車に向かって歩きだそうとする。

「目が覚めたら、五か月も経っていました」

海斗が言うと、郁弥は足を止めた。

「医師のあなたなら、ミダゾラムを用意することも簡単だったでしょう」

「話が見えませんが？」

郁弥は振り返ったが、相変わらずのポーカーフェイスだ。海斗は近づいていき、封筒を差し出した。受け取った郁弥が中を見る。それは幼い頃の郁弥と智信の写真だ。

「三十二年前、父はあなたの母親を術中死させてしまった」

母親の話になると、郁弥は微妙に顔をしかめた。

「だから父はあなたに罪悪感があった。それをあなたは利用したんですよね。経済的援助を取り付けて医者になり、父の推薦で天堂記念病院に入り込んだ。そして、タイミングよく父が急死した。あとは息子さえいなくなれば、さらにこの病院の権力に近づける」

「何をおっしゃっているんでしょう？」

冷静な郁弥に戻っている。

「会長にも気に入られているようですが、まさかあなたの母親の手術のことで脅したとか？」

「あなた、記者だったんですよね」

郁弥は切り返してきた。

「こうやって、憶測だらけのゴシップ記事が作られていくんでしょうね」

写真が入っていた封筒をくしゃくしゃと丸め、地面に捨てた。

「失礼します」

「待てよ」

海斗は郁弥の腕をつかんだ。郁弥は顔色一つ変えずに腕を振り払い、自分の車のほうに歩いていった。背中を見送っていると、電話がかかってきた。以前使っていたスマホは紛失していたので、新しく契約したのだ。

「……もしもし」

『先輩、大変です』

紗耶の声は焦っていた。

『落ち着いて聞いてください。権力闘争に巻き込まれたのは先輩だけじゃない』

「え」

『五か月前、前理事長の看護を担当していた木谷景子が証言しました。先輩のお父さんは、殺されたのかもしれません』

海斗は鼓動が速まるのを感じた。

『理事長の死亡直後のカルテには、心電図の波形に大きな乱れが記録されていました。ですが、後日カルテを整理したところ、不審な点を発見したそうです。心電図は、正常な波形に改ざんされていました。すぐにその場にいた医師に確認しましたが、誰にも言うなと口止めされたそうで……』

自分の鼓動がすぐ耳元で鳴っているように感じるが、海斗は紗耶の言葉を一語一句漏らさないように聞いていた。

『心電図の急激な変化は、カリウムを投入した直後に出やすく、もしかしたら、誰かに意図的に投薬されたのではないかと木谷さんは疑っていて……』

「その口止めをした医師って」

『……大友郁弥です』

その名前を聞いたとき、エンジン音が鳴り響いた。郁弥の車が走りだす。

「おい、待て！　止まれ！　止まれよ！」

海斗は必死で追いかける。

「おい！」

しばらく走ると、郁弥の車が急停車した。そこにはエレベーターホールの自動ドアがあった。ドアが開き、陽月が出てきて郁弥の車に乗り込んだ。

「……え？」

海斗は目の前で何が起きているのか理解できなかった。

「ごめん、遅くなって」

助手席の陽月が言う。郁弥はバックミラーに映る海斗を見ていた。

「まだ間に合うよね」

問いかけてくる陽月に、郁弥は顔を近づけ、海斗に見せつけるようにキスをした。

「どうしたの……？」

陽月は郁弥が突然キスしたことを、驚いているようだ。郁弥はそのまま車を走らせた。


陽月が郁弥の車に乗った。そのうえ、二人はキスをした——。

車が走り去った後も海斗は動くことも、声を発することもできず、ただ呆然と立ち尽くしていた。

『……輩？　先輩？　大丈夫ですか、先輩？　警察に相談しますか？』

スマホから紗耶の声が聞こえてきて、ようやく我に返った。

「警察になんか取り合ってもらえないだろ……」

憶測だらけのゴシップ記事——郁弥に言われた言葉を思い出す。

「もっと、たしかな情報を得たい」

『けど、どうやって』

「俺がやる」

海斗には考えがあった。

「病院に入り込む。そして、あいつの正体を暴く」

拳を握りしめ、自分自身に誓った。


翌朝、編集部に出勤した紗耶は天堂記念病院について資料をまとめていた。

「何やってるんだ？」

薮田に声をかけられ、紗耶はハッとした。

「ちょっと」

ごまかそうとしたが、薮田がパソコン画面をのぞいてきた。天堂家の権力闘争についての記事を書いている途中だったのだが、もう隠しようがない。

『巻頭企画　大病院殺人事件？　病院内で巻き起こった悲劇の内幕』には紗耶が書いた天堂家の簡単な相関図や、〝カルテ改ざん？〟〝理事の座を争って〟などの文字が書いてある。

「おまえ、これ……」

「次の巻頭、空けといてください」

紗耶は宣言した。

海斗は皇一郎が暮らしている高級ホテルを訪ねた。通されたのはリビングで、皇一郎は優雅にワインを飲んでいた。

「……珍しいな」

「一つ、ご相談したいことがあります」

海斗は、皇一郎に深々と頭を下げた。

「私を病院で雇ってもらえませんか？」

「なに？」

「今は亡き父の遺思を継ぎ、病院に貢献したいんです。天堂家の一員として」

海斗はソファから身を乗り出した。

「おぉ、そうか。智信の代わりになぁ」

皇一郎は目を細めた。昔から、祖父は海斗のことをかわいがってくれていたので、おそらく許してくれるだろうと踏んでいた。

「ただ、理事のポストはもう埋まっているぞ」

皇一郎は海斗のグラスにワインを注ごうと手を伸ばした。

「初めはどこからでも」

とにかく、病院に入り込めればいい。海斗は皇一郎の次の言葉を待った。


夜、郁弥はバーでワインを飲んでいた。小学校高学年の頃、児童養護施設で野球をして遊んだことを思い出す。いつもの仲間に海斗も入っていた。

「パパ!」

ヒットを打って一塁ベースの上にいた海斗は、智信が歩いてくるとぴょんぴょん跳び上がり、手を振った。智信も顔をくしゃくしゃにして笑っている。一塁を守っていた郁弥は、その光景を見ているしかなかった。そして気づいた。自分はあんな笑顔を智信から向けられたことはないことを。


スーツ姿の海斗は、天堂記念病院の廊下を歩いていた。スーツの胸には天堂記念病院の職員証が光っている。

海斗の姿を見た医師や看護師たちが、その姿にざわついていた。通りかかった陽月は息を呑み、佑馬も驚きの表情を浮かべていたが、強い意志を持って歩を進める海斗に誰も話しかけてはこない。

そのとき、二階フロアにいる郁弥が見えた。海斗に気づいた郁弥は、口角を上げて不敵な笑みを浮かべた。

海斗は二階に続くエスカレーターに乗る。海斗が二階に到着する直前に、郁弥は背を向け去っていった。

その背中を見ながら、海斗は昨夜、紗耶に伝えた決意を思い出していた。

『病院に入り込む。そして、あいつの正体を暴く』と——。

3

数か月前のある夜——。

陽月は海斗のマンションまでやってきた。もしかしたら今日こそ帰ってきているかもしれない。連絡が取れなくなってからしばらくは、そう思っていた。でもいつしか、期待もしなくなった。握った手を開くと、海斗がくれた合鍵がある。しばらく迷ったけれど、意を決して郵便受けに鍵を入れた。

陽月は涙を堪えながら、海斗の家に電話をかける。呼び出し音が何回か鳴り、留守番電話の音声に切り替わった。

「陽月です。鍵はポストに入れておきました。じゃあ、これで……」

電話を切り、アパートに帰ってくると「うぅ……」と、かすかに声が聞こえた。寝室からだ。

「美咲？」

寝室をのぞくと、美咲がベッドの上で苦しそうにうめいていた。

美咲は天堂記念病院に運び込まれた。処置室へと急ぐストレッチャーと共に、陽月も廊下を走る。

「心筋症です、心臓移植を三年前に受けた子なんです。小笠原先生は？」

美咲の担当医がいないので、陽月は夜勤の栞に聞く。

「今さっき病棟で発作があって、手が離せないんです」

「じゃあ……」

陽月は頭を巡らせた。

「ＰＶＣが多発しています！」

安香が声を上げたとき、郁弥が駆けつけてきた。

「私が対応します。すぐにラインを取るので準備をお願いします」

郁弥はスタッフと共に処置室に入っていった。


陽月は処置室前の廊下に座っていた。落ち着かず、何度も腕時計を見てしまう。外が明るくなってきた頃、処置室の扉が開き、郁弥が出てきた。陽月は立ち上がった。

「大友先生！　美咲は？」

「多発性の心室性期外収縮が見られ、危険な状態でした」

郁弥の言葉に、陽月の心臓もギュッと苦しくなる。

「ですが、静脈注射を施し、今は安定しています」

「……本当ですか？」

「もう大丈夫ですよ」

「……よかった」

膝から力が抜け、陽月はその場で泣き崩れた。

「私が妹さんを担当しますのでご安心ください」

「……ありがとうございます。本当にありがとうございます」

陽月は泣きながら、何度も何度も頭を下げた。

*

入院して五か月が経った。美咲の経過は良好だった。医療機器はほぼ外されている。

「不整脈も出なくなったし、だいぶ落ち着いてきたね」

病室に様子を見に来た郁弥が、美咲に声をかけた。

「……うん」

でも美咲は元気がない。

「どうかした？」

「最近、またお姉ちゃんが悩んでるように見えて……先生、お姉ちゃんと喧嘩でもした？」

「……いや、してないよ」

「そっかぁ……なんか変なんだよなぁ」


「本日より広報部で働かせていただくことになりました、天堂海斗です」

海斗は広報部で挨拶をした。

「記者時代の経験を活かし、亡き父のためにも、全力を尽くしますので、よろしくお願いします」

突然の人事に驚きながらも、先輩職員の立花翔平《たちばなしょうへい》たちは拍手で迎えてくれた。

海斗は自席に着き、病院の職員名簿をめくった。外科医のページを見つけ、大友郁弥の顔写真を食い入るように見つめた。

「すみません、遅れました」

広報部に飛び込んできた佑馬を、海斗はチラリと見た。

海斗はエレベーターに乗り込み、閉じるボタンを押そうとした。

「すみません」

閉まりかけのドアから、陽月がするりと入ってきた。ドキリとしたが、陽月はうつむき目を逸らした。エレベーターの中に、沈黙が流れる。エレベーターは五階で停まり、郁弥が入ってきた。三人の視線が絡み合い、さらに重い空気がエレベーター内を支配する。

「朝比奈さん」

郁弥が沈黙を破った。陽月はビクリとし、明らかに動揺している。

「術後カンファレンスの資料は？」

「先ほどデスクに……」

「ありがとうございます」

郁弥は落ち着き払った様子で言った。エレベーターが小児科のある八階に着き、陽月と郁弥が降りていく。海斗は二人の背中を、複雑な表情で見つめていた。

海斗は夜、居酒屋で紗耶と落ち合った。

「え、陽月さんと大友郁弥が？」

「あぁ」

海斗は苦い思いで、昨夜、郁弥と陽月がキスしているところを目撃したと話した。

「よりによってそんなことありますか？」

ありえない。海斗は胸を掻きむしられる思いだ。

「……やっぱり先輩に個人的な恨みがあるんでしょうか」

海斗は手元の酒をぐいっと飲んだ。

「……病院には潜り込めた。あとは、あいつの罪を明らかにして、俺の潔白を証明できれば……。そしたら陽月の誤解も解ける」

「私は、大友郁弥の周辺をもう少し洗ってみます。病院関係者で何人か気になる人もいるので」

「自分の仕事もあるだろ？　大丈夫か」

「もちろん仕事としてやるつもりです」

「え」

「すべてが明らかになったら、この件、記事にしてもいいですか？」

紗耶に問いかけられ、海斗は一瞬、ぽかんとしてしまった。週刊誌記者として、今回の一件を記事にしたいと考えるのは当然だろう。紗耶をここまで巻き込んでおいて、その可能性について頭が回っていなかった。

「権力争いの末に起きた事件だとすれば、これは社会に問うべき重大な問題です。天堂記念病院を傷つけてしまうかもしれませんが……」

「……問題ないよ」

海斗は覚悟を決めた。自分だってジャーナリストの端くれだったのだ。

「本当ですか？」

「ああ」

「ありがとうございます。先輩は、どう動くつもりですか？　病院内で動くにしても、一人だと限界があるんじゃ……」

「……アテはある」

海斗は味方になってくれそうな人物の顔を思い浮かべた。


翌日、海斗は佑馬を呼び出した。

「大友先生が智信さんを!?」

佑馬が声を上げたので、海斗は人さし指を口に当てて声を落とした。

「……その証拠をつかみたい」

「それで病院で働きだしたの？」

佑馬に尋ねられ、海斗は頷いた。五つ下の従兄弟の佑馬は、市子に似ず明るく素直で裏がない。海斗は市子のことを毛嫌いしているが、佑馬とはそれなりに仲が良かった。

「でも、さすがに殺人は……、そもそも智信さんが大友先生を病院に呼んだんだから」

「いろいろ複雑なんだ。それにまだ可能性の話だよ」

「……ごめん。聞かなかったことにさせて」

佑馬は立ち去ろうとした。面倒なことに巻き込まれたくない気持ちはわかる。

「佑馬にとっても悪い話じゃない」

海斗はその背中に聞こえるように言った。

「えっ？」

「うまくいけば、大友郁弥を病院から追放できる。あいつのせいで理事になり損ねたんだろ？」

「……だからって」

「あいつがいなくなれば、理事のポストが一つ空く。そしたら佑馬、次の理事はおまえだ」

海斗は言った。市子に認められたい佑馬に、この言葉は効いたはずだ。佑馬と市子の結びつきは強い。

「力を貸してくれ。伯母さんを安心させてやれよ」

さらにダメ押しをした。佑馬はしばらく考え、顔を上げた。

「何をすれば……」


二人はモニター室に移動した。

「二〇二三年十一月七日だね」

佑馬はずらりと並んだハードディスクの中からファイルを選んだ。

「のんびりはできないよ。勝手にこんなことやってるのバレたら、俺までどうなるかわかんないんだから」

ディスクをセットすると、病院各所の監視カメラの映像がモニターで一挙に再生された。

「親父の病室は」

「これだね。さすがに室内にカメラはないけど」

佑馬は廊下の映像を指した。病室の扉も映っている。

「……カルテによると、容体が急変したのは二十二時四十八分」

「うん」

「木谷景子の証言通りなら、改ざん前のカルテには心電図の急激な変化が見られた。おそらくカリウムが投与されたんだろう。だとすれば、二十二時四十分から二十二時四十八分までの間に犯人が病室を出入りしているはずだ」

佑馬は映像を二十二時四十二分まで早送りし、再生した。

「ストップ……出てこい」

廊下の映像に目を凝らしたが、病室を出入りする者はいない。

「まだか」

「やっぱ何もないんだって」

と、画面が一瞬途切れて、すぐに元の映像になった。

「戻って」

海斗が言うと、佑馬は巻き戻して再生した。やはり同じ箇所でブツッと映像が飛ぶ。

「故障かな?」

佑馬は首をかしげている。

「違う、ここ」

海斗はタイムコードを指して、コマ送りした。二十二時四十二分から急に二十三時二分に飛んでいる。

「え、飛んでる？」

「消された……」

海斗は言い、佑馬と目を合わせた。

「ちょっといいですか」

海斗は警備員に閲覧履歴のファイルを確認する。

「……行こう」

そしてすぐにモニター室を出た。

「え」

佑馬は海斗の代わりに警備員に礼を言い、追いかけてくる。

「いいの？」

「映像を消したのは大友郁弥だ。閲覧履歴に名前があった」

さっき見せてもらった閲覧履歴のファイルに大友郁弥の名前があったのだ。

「あいつに先越されたんだよ」

「そんな」

佑馬はまだ信じられないようだ。そのときスマホが鳴ったので、海斗はすぐに出た。

「……はい。えっ？」

翌日、海斗たち天堂親族は皇一郎が暮らすホテルに集まった。市子や佑馬と共に円卓に着席していたが、全員が居心地の悪さを感じているのが海斗にもわかった。

「……あの、会長、今日は親族だけで集まる予定では？」

佑馬が切り出した。

「そうだが」

皇一郎は静かに頷いた。

「ではなぜ彼がここにいるんですか？」

黙っていられなくなったのか、市子が口を開いた。親族ではない郁弥が会食に参加しているのだ。

「新任理事の大友先生を海斗にも紹介しておこうと思ってな」

「存じております。ですがなぜ着任して間もない大友先生を理事に？」

海斗が尋ねると、皇一郎が円卓に『新病棟プロジェクト新プラン』と書かれた資料を置いた。

「新病棟プロジェクトを変更するんですか?」

海斗は声を上げた。

「大友先生が提案してきてくれてな。先日、理事会でも承認された」

皇一郎は言った。郁弥は皇一郎に、現プロジェクトは智信の個人的な想いが強く、理想が先行しているので、かなりコストがかかると指摘したという。この状態でプロジェクトを進めれば、天堂記念病院は間違いなく破綻する。なので自分に任せてほしいと提案したのだそうだ。

「そんな。これは父が長年構想してきたプロジェクトですよ」

海斗には受け入れられない。

「納得していない人もいるようだがね」

皇一郎は市子を見た。

「……会長の方針に不満はありません。ただ、院内の情勢をよくご存じでない大友先生がプロジェクトを指揮することに戸惑う者も少なからずいます。どうでしょう? ここは院内にも通じている佑馬が、大友先生と共にプロジェクトを指揮していくのは?」

市子はここぞとばかりに言った。

「えっ」

佑馬が声を上げた。

「ほう、大友先生いかがですか?」

皇一郎は郁弥に尋ねる。

「必要ないかと。院内政治をするつもりはありませんので」

郁弥が一蹴すると、皇一郎はフッと笑った。

「だそうだ」

皇一郎が言うと、市子は顔を真っ赤にして立ち上がった。

「会長!　なぜ一族でない者にこのような権限をお与えになるんですか!?」

「シ――――ッ!」

皇一郎が声を上げた。「大きい声を出すな。なぁ、市子」

「……はい」

市子は気まずそうに椅子に座る。

「おまえが理事長になって五か月……この病院にどんな貢献をした?」

皇一郎の質問に、市子の顔から血の気が引いていく。

「何か一つでも胸を張れる成果を残したか?　ん?　んん?」

「……いいえ」

「結果を出さない人間を、いつまでも病院には置いておけんぞ」

皇一郎は市子を一喝すると、郁弥に向き直り、笑顔になった。

「さぁ大友先生、召し上がってください」

「ありがとうございます」

郁弥は食事を始めた。市子は唇を噛み、なんとか怒りを抑えている。それを見ていた佑馬も、円卓の下で拳をぎゅっと握っていた。


食事を終えた海斗は、ホテルの廊下を歩いている郁弥の後を追った。

「ずいぶん会長に気に入られているみたいですね」

声をかけると、郁弥が振り返った。相変わらず表情は読めない。

「……どうしてプロジェクトを変えたんです？」

「それが、この病院にとって最善だと思ったからです」

郁弥は海斗を見据え、静かな口調で言う。

「父を恨んでいたからですよね？　すべて奪うつもりですか？　父からも、俺からも？」

「すべて……とは？」

郁弥は軽く首をかしげた。

「……今だけですよ。必ず、取り返しますから」

海斗はそのまま立ち去った。


天堂記念病院の前で待ち伏せていた紗耶は、鮎川と三輪が歩いてくるのを見つけ、近づいた。

「『週刊文潮』の木下です。鮎川院長と三輪副院長ですね」

二人は怪訝そうに眉をひそめ、紗耶を見つめた。

「取材なら広報を通していただけますか？」

三輪が言った。

「五か月前の元理事長・天堂智信さんの急死について、当時の状況を詳しくお聞かせ願えますか？」

紗耶の発言に、二人はさらに険しい表情になった。

「……すみませんが、急いでいるので」

鮎川は紗耶を避けて、歩いていこうとする。

「では大友先生について、彼が病院に来て何か変わったことは？」

紗耶は食い下がったが、三輪と鮎川は病院に入ってしまう。紗耶はため息をついた。

と、夜勤明けなのか、陽月が通りかかった。

「陽月さん？」

思わず声を上げてしまった。

「えっ？」

陽月は面識のない紗耶に名前を呼ばれ、驚いていた。


紗耶は陽月を誘って病院内のカフェに移動し、名刺を差し出した。

「新栄出版……」

陽月は名刺をじっと見ている。

「天堂海斗さんの後輩です。朝比奈さんのことは、職場でよく聞かされていました」

「……そうですか」

陽月は消え入りそうな声で言う。

「今は、先輩の事件について調べてまして」

「事件？」

陽月は顔をしかめた。

「何者かに襲われて五か月間眠らされていた……先輩から聞いてませんか？」

「あの話を信じてるんですか……？」

「逆になんで信じないんですか？」

紗耶は心底不思議だった。

「えっ？」

「だって恋人だったんでしょ？」

紗耶の言葉に、陽月は黙り込んだ。

「私は、この事件に大友先生が絡んでいるのではないかと疑っています」

「えっ？」

「……おかしいと思ったことはありませんか？　大友先生が現れてすぐに前理事長は亡くなり、先輩もいなくなった。そして、それをきっかけに普通では考えられない早さで、大友先生は病院内での地位を築いていった」

「……あなた何を言ってるんですか？　いきなり失礼じゃないですか」

陽月は手を伸ばして伝票を取ろうとした。だが紗耶はサッと奪った。

「先輩、陽月さんにプロポーズしようとしてました」

「えっ？」

「そんな人が、突然いなくなるでしょうか」

問いかけても、陽月は黙ってうつむいている。

「これも信じられませんか？　大友先生のことは信じるのに」

紗耶は捨て台詞のように言い、伝票を手に立ち上がった。


佑馬はあたりを警戒しながら、理事長室にやってきた。扉の前まで来て一瞬ためらったが、周りを見回し、誰もいないことを確認して中に入った。素早く奥の理事長席へ行き、机の引き出しを開ける。開けては閉め、開けては閉め、目的のものを探していると、外からノック音が聞こえた。佑馬はとっさに机の下に隠れる。

「失礼します」

入ってきたのは郁弥だ。郁弥は部屋の奥まで歩いてくる。佑馬はいつ見つかるかと気が気ではない。心臓は脈打ち、すぐそばにいる郁弥に聞こえてしまいそうだ。もうダメか、と観念したところ、もう一人、誰かが入ってきた。

「何してるの？　勝手に入ってこないで」

市子の声だ。市子も理事長席のほうに歩いてくる。

「申し訳ありません。人の気配がしたもので」

郁弥が市子に言う。

「なんのご用?」

「予防医療プロジェクトの人事案です。承認をいただきたく」

郁弥が書類を渡すと、市子は引き出しから印鑑を取り出し、捺印して返した。その時、郁弥は机の下に隠れている佑馬に気づき、ニヤリと笑みを浮かべる。

「息子さんの件、ご希望に添えず申し訳ありません」

「……会長の前であれだけ否定しておいて、今さら謝らないでもらえる?」

「あの場では、事実を申し上げるべきだと思いましたので」

郁弥は淡々と言い、失礼します、と出ていった。

「ぐあああああああ!!!」

扉が閉まった瞬間、市子は叫び、机を叩いた。地の底から湧き上がるような市子のうめき声に、佑馬の心臓の高まりが増してくる。そこに電話が鳴った。

「今行く」

市子は感情を抑えた声で電話に出ると、すぐに去っていった。佑馬はプハーッと荒い息をしながら、机の下から這い出た。机の上に理事長印が置きっぱなしになっていた。

広報部の仕事として、海斗は院内の壁に掲示物を貼っていた。小児科病棟にやってく

ると、病室前のネームプレートの欄に〝朝比奈美咲様〟という文字を見つけた。中から
ちょうど看護師の栞が出てくる。

「あの、朝比奈さんってもしかして、朝比奈陽月さんの？」

海斗は声をかけた。

「ええ。お知り合いですか？」

なんと答えようかと考えながら何げなく病室内をのぞくと美咲のベッドのそばに郁弥
がいた。

「以前、急患で運ばれてきまして」

「どうして大友先生が」

海斗は病室内を見ながら尋ねた。郁弥の表情は見えないが、美咲は楽しそうだ。

「そのときに処置をしたのが大友先生で、それから美咲ちゃんの担当医に」

美咲は郁弥に笑顔で語りかけている。

「でもよかった……朝比奈さん大変そうだったから。これからは、大友先生が美咲ちゃ
んのこと病院でも家でも支えてくれますからね」

「えっ？」

素っ頓狂な声を出してしまった。

「婚約されたんです。朝比奈さんと大友先生。はぁ……うらやましい」

本音とも冗談とも取れるような口ぶりで言う。

「……では」

海斗は懸命に平常心を保ちながら、ふらふらとその場を去った。


退勤後、陽月は郁弥にアパートの前まで車で送ってもらった。

「あのさ……」

カフェで紗耶に言われたことが、心に引っかかっている。

「どうした？」

「……ううん、なんでもない」

うつむいた陽月に、郁弥が顔を近づけてきた。でも陽月は顔をそむける。

「ごめん……家の前だから」

陽月は車を降りて「またね」とアパートの中に入っていった。その様子を、佐竹が物陰から見ていた。


帰宅した海斗は、陽月に渡しそびれていた婚約指輪の箱を見つめていた。本来なら、この指輪を渡し、今頃幸せな日々を過ごしていたはずだ。なのに……。と、スマホが鳴った。佑馬からだ。

「どうした？」

「今から会える？　大友郁弥のことで」

佑馬はいつになく焦っていた。


佑馬は海斗を連れ、とあるセキュリティ会社のモニタールームにいた。佑馬はデータを再生する準備を始めた。

「マスターデータって発想はなかったな」

海斗は感心していた。

「ここなら消された箇所も残ってる」

「でも、よく見せてもらえたな？」

「これ」

佑馬は海斗に書類を見せた。『マスター映像素材情報開示請求申請書』に、理事長印が押されている。

「これ、伯母さんが許可したのか？」

「まさか。忍び込んで、僕が押した……大友先生を消したいのは、僕も一緒だから」

佑馬は言い「再生するよ」と操作した。モニターに画面が映し出される。

「海斗くんの見立てだと、二十二時四十八分までに大友先生が智信さんの病室に現れるはずだ」

佑馬がボタンを押すと、病院の各所の画像が複数モニターに表示された。

「親父の病室前は……」

「これだね」

佑馬が病室前の映像を映し出した。「ここからが消された二十二時四十二分以降の映像だ」

二人は智信の病室前の廊下の映像を見つめた。息を詰めて見守ったが、なかなか動きはない。すると、白衣の背中が現れた。

「来た！」

海斗は声を上げた。佑馬も海斗と共に画面に集中し、顔が見える角度になるのを待つ。

「こいつは……」

「鮎川院長!?」

佑馬は声を上げた。鮎川は薬品と思しきシリンジを手に、周りを警戒しながら部屋に入った。

「どうして鮎川院長が……」

佑馬は口を覆った。

「嘘だろ……」

海斗も信じられない思いだ。鮎川は数分後に慌てたように出てきて、去っていった。

「急変の時刻を過ぎた……」

佑馬は時間表示を確認して言った。その後、バタバタと景子ら看護師たちが病室に駆けつけてきた。次に郁弥が現れ、再び廊下に出てきたときは看護師と共に智信を乗せたストレッチャーを押し、搬送していった。

「大友郁弥が犯人のはずなのに……どうして……」

海斗は立ち上がった。佑馬は奥のモニターに気になるものを見つけ、再生を中止した。チラリと海斗を見ると、もうすでにモニターのほうには向いておらず、全身の力が抜けたように立っていた。

二人はエントランスに出てきた。

「……これから、どうすんの？」

佑馬は尋ねたが、海斗はまだ脱力している。と、海斗のスマホが鳴った。

「また連絡する」

海斗は電話に出ながら、元の方向に戻っていった。佑馬は海斗の背中を見送り、考え込みながら歩きだした。角を曲がると、目の前に郁弥が立っていた。


海斗に電話をかけてきたのは紗耶だった。自宅に来てもらい、紗耶にパソコンで先ほどの映像を見せた。鮎川が薬品を手に病室に出入りする様子が再生される。

「まさか、でしたね」

紗耶が言う。「ただ鮎川も、この半年で外科部長から院長に昇進し、一連の事件の恩恵を受けています。あとこれ見てください」

紗耶は海斗に写真を渡した。大学の研究室の同窓会と思しき集合写真だ。

「鮎川は、先輩が眠らされていた診療所からそう遠くない、山梨の医大出身です。あの診療所とも繋がりがあるかもしれません」

「……この医者」

海斗は写真の中の一人に釘づけになっていた。

「あのときの医者だ……！」

この太い眉毛が特徴的な顔は、間違いない。診療所で海斗が出会った白衣の男だ。

「やっぱり、鮎川が一連の事件の犯人に間違いなさそうですね。これだけ証拠があれば、警察も動かせます」

紗耶が言うが、海斗は首を横に振った。

「警察には行かない」

「どうしてですか？」

「鮎川の動機はなんだ？　親父を殺し、俺を五か月も眠らせておく理由が見つからない」

「というと？」

「……大友郁弥と共犯だとしたら？」

「でも、二人の繋がりが見当たりませんよ」

「……明日、理事会でこの映像を晒《さら》そう」

「えっ？」

「鮎川に自白を迫ることで、大友郁弥との繋がりも吐かせることができるかもしれない」

海斗が言うと、紗耶がハッとした表情になる。

「ここまでつかんだんだ。このけりは自分でつける」

翌日、海斗は智信の墓参りをしてから出勤した。会議室の扉の前で足を止め、一息ついてから入っていこうとすると、いきなり腕をつかまれた。驚いて振り返る。

「佑馬？」

「……やっぱり、やめよう」

「は？」

「実際に智信さんに投薬された場面が映ってるわけでもない。これじゃ証拠として不十分だよ」

「今さら何言ってんだ」

「とにかく、もう少し証拠を集めたほうがいい！」

佑馬は海斗の前に立ちはだかった。

「……親父を殺した犯人がこの扉の向こうにいるんだよ。今さらやめられるわけないだろ」

海斗は佑馬をどかし、会議室の扉を勢いよく開けた。

集まっていた理事たちは、突然の物音に驚き、扉のほうを見た。立っていたのが海斗だとわかり、ざわめきが起きる。

「ちょっと！　会議中だぞ」

鮎川が声を荒らげるが、かまわずに海斗は市子の前まで進み出た。

「お話があります」

「悪いけど、後にしてもらえる？」

市子は素っ気なく言った。

「病院の未来に関わることだとしてもですか？」

海斗が尋ねたとき、佑馬も会議室に入ってきた。

「議題にないことを話す時間はありませんので」

鮎川は海斗を相手にしない。

「お話ししたいのは、前理事長・天堂智信に対する殺人容疑についてです」

海斗の言葉に、会議室が凍りついたように静まり返った。

「どういうことですか？」

三輪が海斗に尋ねる。

「前理事長のカルテには不自然な改ざんがありました。その改ざんを糾《ただ》せば、父の死因は急性冠症候群ではなく、薬品の投与が原因だと考えられます」

「いったいなんの話をしてるんですか」

鮎川が平然と言う。

「当然、何か根拠があっておっしゃってるんですよね？」

三輪が海斗に確認した。

「前理事長の入院時の担当看護師・木谷景子から証言は取れています。さらに、こちらをご覧ください」

海斗はノートパソコンの映像をモニターに映した。智信の病室前の監視カメラ映像が映る。

「十一月七日二十二時四十七分。父が急変した一分前の映像です」

すると、モニターに鮎川が現れた。見ていた鮎川の顔が硬直する。

「鮎川院長が部屋に入った直後、父は急変し死亡しました。おそらくカリウムの投与を行ったのでしょう」

海斗の言葉を聞いた理事たちは、鮎川を驚きの目で見た。

「さらに……」

海斗は再生スイッチを押した。薬品倉庫から薬を持ち出す鮎川の姿が映し出される。

「これは事件直前の薬品倉庫の映像です。ここからカリウムを持ち出す鮎川院長の姿が確認できます」

海斗は目に力を込め、鮎川を見据えた。

「あなたが父を殺したんじゃないんですか？」

「ふざけるな！　急に失礼だと思わないのか！　だいたいなんで私が智信さんを殺さなくちゃならないんだ！」

「なぜですか？」

海斗は問い返した。

「私も知りたいです。なぜ、父は殺されなくてはならなかったんですか？」

取り乱した鮎川は映像ケーブルを抜いた。モニターが真っ暗になる。

「こんな映像、後からいくらでも編集できる。カリウムだって、低カリウム血症のために日常的に使用される薬だということくらい、あなたでも知っているでしょう！」

「ですが……」

「あなたの言ってることはすべて憶測に過ぎないんですよ！」

鮎川が海斗を怒鳴りつけたところで、市子が「会議を再開します」と遮った。

「鮎川院長のおっしゃる通り、信憑性を欠いた憶測で、これ以上時間を無駄にはできません」

「無駄って……、人が一人殺されてるんですよ？」

やはり市子のことは人間として許せない。

「お引き取りください。それとも警備員を呼びましょうか」

市子が言ったとき、それまで黙っていた郁弥が立ち上がった。

「では、私からも一つよろしいですか？」

郁弥はタブレットを操作した。モニターの監視カメラ映像が別室に変わる。

「こちらは、前理事長の急変直後の非常階段の映像です」

「待って……」

佑馬が真っ青になっている。

「やめろ！」

叫んだが、映像はそのまま流れる。鮎川に続き、市子がやってきた。

市子は鮎川からシリンジを受け取ると、袋にくるみ、鞄にしまって去っていく。一人、その場に残された鮎川は苦悩しているように見えるが……。

海斗は新たな事実を目の当たりにし、全身がこわばり、すぐには口を開けなかった。

郁弥が映像を止めると、鮎川はその場に座り込んだ。

「理事長。あなたは鮎川院長の犯行をご存じだったのでは？」

郁弥が問いかけた。だが市子は何も言わない。

「それどころか、犯行を指示したのもあなたでは？」

「どこにその証拠があるの？　たったこれだけの映像で私まで疑うつもり？」

市子は反論した。

「さっきも鮎川院長がおっしゃってましたけど、日常的に治療に使う薬品を受け取っただけ。それ以上でも、それ以下でもない」

「たしかに、これだけでは罪には問えないでしょうね」

郁弥はあっさり引き下がったかと思うと「でも、これだとどうでしょう」と、ポケットからボイスレコーダーを取り出した。郁弥は再生スイッチを押す。

『……なんで何も言わないの？　あの映像は何？　なんで鮎川先生と母さんが事件直後に会ってるの？　答えてよ』

聞こえてきたのは、佑馬の声だ。

『……すぐにデータを処分しなさい』

市子の声も聞こえる。

『……何それ？　……それって、認めるってこと？』

佑馬が問いかけている。だが市子は何も言わない。

『智信さんを殺したのも、海斗くんをさらったのも……全部、母さんたちなの？』

『……いいから消しなさい！』

市子は怒鳴った。

『この病院のためよ』

『……母さん……なんてことを！』

佑馬の悲痛な叫びまで再生し、郁弥はボイスレコーダーを停止した。

「どうして……！」

佑馬は郁弥に問いかけた。


昨夜――。

海斗と別れた後の佑馬を、郁弥が待ち伏せていた。

「大友先生も、消されたデータの行方を追ってたってことですか……？」

「ええ」

郁弥は頷いた。

「……まさか母さんが智信さんを殺すなんて」

佑馬はモニタールームで非常階段にいる市子の姿を見てしまい、激しく動揺していた。

だが幸い、海斗は気づいていなかった。

「……これだけだと証拠とは言えません。まだ無実の可能性もあります」

「本当ですか」

佑馬は目を輝かせた。

「私も理事長を信じています。この映像を見せて、ご本人に直接確かめてみてはいかがですか？」

郁弥は、「では」と立ち上がった——。


「あのとき……！　俺の鞄に!?」

佑馬は昨夜、ポケットの付いた鞄を持っていた。郁弥は別れ際、その鞄にボイスレコーダーを滑り込ませたのだ。

「俺を利用したのか……」

佑馬は愕然《がくぜん》としていた。市子も察したのか、へなへなと理事長席に座り込む。

「理事長……」

鮎川は力なく市子を見た。海斗は市子を睨みつける。

「認めるんですね？　父を殺害したことも、俺を昏睡状態《こんすいじょうたい》にさせたことも」

無言の市子に海斗はさらに畳みかける。

「ただその椅子に座るために……座り続けるために……やったって言うんですね……？

そんなくだらないことのために……」

「そうね」

市子は力なく言った。

「なんで……なんでだよ……なんで……そんなことができるんだよ……」

海斗はなんで、なんで、と、市子を問い詰める。

「あなたもここに座ればわかるわ」

観念したのか、市子は笑みすら浮かべている。

「……なんでそんな笑えんだよ……おかしいだろ!?　……どうしてそこまでして偉くなりたいんだよ！　権力が欲しいんだよ!?　狂ってるよ！」

佑馬が思わず叫ぶと、市子が近づいてきた。そして、思いきり頬を平手打ちした。

「おまえのためだろうが！」

「えっ？」

机に倒れ込んだ佑馬は、市子を見上げた。

「全部！　おまえのためだろ!?　おまえが！　おまえがいつまで経っても何も……」

市子は佑馬に馬乗りになって何度も怒鳴りつける。三輪たちが止めようとするが、市子は「触るな！」と一喝した。

「海斗が消えて、普通にやれば、病院だって継げたのに！　なのに、その普通ができない！　できないんだよ、おまえは！　医学部にも入れない、就職活動もまともにできない、この病院に来ても……ないないない。何もできない！」

市子は机を叩きながら泣いていた。

「だから……だから……あなたのためでしょうが」

佑馬の体の上にうずくまって、市子は泣き続けた。

ホテルの自室で風呂に入っていた皇一郎は、綾乃の報告を受けていた。

「お二人とも、警察に出頭されるようです」

「親の心子知らずとはこのことだな」

まったく……とつぶやきながら、皇一郎はため息をつく。

「騒ぎになりますね……どうされますか？」

天堂家の病院でのトラブル、しかも創業者である皇一郎の実子である現理事長の市子が前理事長である義弟の智信を殺したとなれば、大スキャンダルだ。引退して月日が経つとはいえ、皇一郎にも取材が殺到するだろう。

だが、皇一郎は落ち着き払って綾乃に言った。

「まったく問題なし」

紗耶は、夕方の編集部で海斗からの電話を受けていた。

「結局、監視カメラの映像を消したのも、カルテを改ざんしたのも鮎川だったんですね」

『あぁ、製薬会社からキックバックされた金で、かなり派手に遊び回ってたらしい』

鮎川は高級ラウンジなどで豪遊していたそうだ。

『天堂市子は鮎川の不正に気づいていたみたいだけど』

「あえて処分はしなかった」

『都合の良い手駒として使いたかったんだろうな』

「……じゃあ大友郁弥は、カルテの改ざんから事件だと気づき、その犯人を追っていただけってことですか」

『……そうなるな』

海斗は言うが、歯切れが悪い。大友郁弥については、紗耶もいまひとつ人物像が読めない。

だが、紗耶のパソコンには記事の大枠ができ上がっていた。

パソコン画面には『天堂記念病院殺人事件！　大病院で巻き起こった悲劇の内幕』『息

子は山奥で昏睡状態に』の見出しが並んでいる。

「……本当に、このまま記事上げていいんですよね？」

『何言ってんだよ。やっとつかんだスクープだろ？　社会を揺るがすような記事、書きたかったんだろ？』

海斗の言う通りだが、海斗の親族のスキャンダルを暴くことになったのは心苦しい。

「……わかりました。先輩は、この先どうするんですか」

「えっ？」

『だって事件は解決しましたし、しばらくはマスコミに追われるかもしれませんが……落ち着いたら、会社に戻ってくるんですよね？』

「……そうだな」

『私のアシスタントからですけどね』

紗耶がほほ笑みながら言ったところに、藪田の声が飛んできた。

「おい木下！」

「はい」

「どうなってんだよ！　ウチの独占っつってたじゃねぇか！　なんで他社に抜かれてんだ！」

藪田が近づいてきてスマホの画面を見せた。

「え!?」

紗耶はその画面を凝視した。


その夜、天堂記念病院の入り口にはマスコミが殺到していた。海斗は、病院の窓から入り口の騒ぎを見下ろしている郁弥に声をかけた。

「あなたですよね？　マスコミにリークしたの」

「……なんですか？　突然」

郁弥はいつもの、眉根を寄せた顔で振り返った。

「あなたしか考えられないんですよ。父が死に、伯母がいなくなった。さらに今回の記事で天堂家以外の人材を求める声が高まるでしょう。あなたが成り上がるためにはこれ以上ない状況が整った」

智信が倒れて以来、激動の日々だ。だがこれで終わりではないはずだ。

「また憶測というわけですか」

「私の拉致《らち》も最初から知っていたんですよね？　そうでなければ、あそこまで詳細な情報は出せない」

海斗は迫った。

「天堂市子や鮎川の動きを探るためには、私がいないほうが都合がいい。だから、わざと拉致を見過ごした。これも憶測ですか?」

海斗が目を逸らさずに睨み続けると、郁弥がゆっくり口を開いた。

「……誰かがいなくなればいいと思ったことはないですか? この人がいなくなれば、すべて手に入るのにと……」

「なんの話ですか?」

「そう思うのが人間の本性ですし、今回の事件の核心とも言えます」

「ご自身の話ですか?」

「……ご想像にお任せします」

「このまま、天堂記念病院を乗っ取るつもりですか? この病院があなたの母親を奪ったから」

母一人、子一人の家庭から母親を奪ったのだ。郁弥にとってはつらい出来事だっただろう。許せなかっただろう。その気持ちはわかる。

「だとしても、こんなやり方してまで権力が欲しいんですか?」

「あなたは欲しくないんですか?」

「え？」

「先ほど、理事長の椅子に固執することを、くだらないとおっしゃっていましたね。本心ですか？」

いったい何を言いたいのかと、身構える。

「私には医者の道から逃げたご自分を正当化するためにおっしゃってるように聞こえましたが」

「……おまえに何がわかる？」

心の奥底に眠るコンプレックスをわざわざ突いてきた郁弥を、憎しみを込めて見つめる。

「憶測です」

郁弥は飄々《ひょうひょう》と言う。「私はあの椅子に座ってみせます。必ずね」

そう言うと、「では」と去っていった。

翌日、海斗が出勤してくると、郁弥がエレベーターに乗り込んだところだった。海斗は走っていき、閉まりかけたエレベーターのボタンを押した。再び扉が開き、乗り込んでいく。

「……おまえの思い通りにはさせない」

海斗は郁弥に挑戦状を叩きつけた。扉は閉まり、二人を乗せたエレベーターが動き始めた。

4

二十四年前――。

十二歳だった郁弥は、天堂記念病院の理事長室に遊びに来ていた。四歳下の海斗も一緒だ。

郁弥は、主のいない理事長席を見つめていた。

磨き上げられた机。革張りの立派な椅子。なんともいえない格調高い空間が存在していた。まだ中学生の郁弥でも、ここは選ばれた人間しか座れない特別な場所だとわかる。

座ってみたい。

その感情にあらがえず、郁弥は吸い寄せられるように近づいていき、恐る恐る座ろうとした。

「ダメだよ」

海斗に制され、郁弥はビクリとして動きを止めた。

「そこ、僕とお父さんしか座っちゃいけないんだよ」

海斗が毅然《きぜん》として言った。

「待たせたな」

そこに、智信が入ってきた。

「お父さん！」

海斗が飛びつくように駆け寄る。

「ちゃんと仲良くしてたか？」

智信が理事長席に座ると、海斗は膝の上に乗った。

「お父さん」

「ん？」

「僕、大きくなったらお医者さんになる。お父さんと一緒に僕みたいな子の命を救うんだ」

「……あぁ」

智信は目尻を下げ、嬉しそうに海斗の頭を撫でる。それは、郁弥に向けられるどこかよそゆきの笑顔とは違う、慈愛に満ち溢れた顔だった。

＊

仮眠室で眠っていた郁弥は、目を覚ます。また同じ夢を見てしまった。いつもこのシーンで目が覚める。

いったい何度この夢を見ただろう。目覚めたときは全身が冷たくなり、鼓動が高まっている。

何度同じ夢を見ても、智信のあの笑顔が、郁弥に向けられることはない。

紗耶は薮田と共に、天堂記念病院にやってきた。入り口の前にはマスコミが集まり、ごった返している。

「うちのスクープだったのに」

紗耶はスマホを取り出し、天堂記念病院で起きた理事長殺害事件のスクープ記事を見ていた。

「あ？」。薮田が不機嫌そうに反応する。

「私以外、この事件を追ってる記者はいなかったはずです」

「じゃあなんであいつに抜かれんだよ」

薮田に言われ、紗耶は記者たちの中にいる木村雅史《きむらまさし》を見た。今回の大スクープをすっぱ抜いた記者だ。

「おい、来たぞ！」

どこからか声が上がった。背伸びして見てみると、黒塗りの高級車がゆっくりと近づいてくるところだった。後部座席には皇一郎が座っている。皇一郎が降りてくる側のドアを、記者たちが一斉に取り囲んだ。


広報部は朝から電話が鳴りっぱなしだった。

「申し訳ございません」

海斗も電話対応に追われている。

「現在事実関係を調査中でして、お答えすることはできません」

海斗のデスクには、事件が掲載された雑誌が置いてあった。『天堂記念病院殺人事件！前理事長を殺害し、息子を拉致。大病院で一体何があったのか!?』というタイトルだが、まさか広報部で電話に出ているのが拉致された息子本人だとは思っていないだろう。

「すみません、失礼します」

電話を切った海斗はため息をついた。

「どっから漏れたんですかね。こんな詳細まで」

先輩職員の立花が声をかけてきた。立花のほうを向くと、誰もいない佑馬のデスクが目に入る。

母親が逮捕されたのだ。佑馬はみんなに合わせる顔がないだろう。被害者の息子と加害者の息子という立場になってしまったが、佑馬のことは気にかかる。

皇一郎が秘書の綾乃を連れて会議室に入ってきた。中にいた理事たちが立ち上がり、頭を下げる。皇一郎は空席を見て言う。

「一人来ていないようだが?」

「小笠原先生です」

理事の一人が言う。

「……相変わらずマイペースな男だ」

皇一郎は綾乃に目配せをして発言を促す。

「一連の事件の報道を受け、天堂記念病院への世間の目は大変厳しいものになっており、新体制での再出発を至急アピールする必要があると会長はお考えです。そこで」

綾乃がそこまで言うと、皇一郎が再び口を開く。

「新たな理事長を選出する。新理事長には天堂記念病院の代表として、記者会見に登壇してもらいたい」

新理事長。その言葉に一同は静まり返る。

「立候補する者はいるか？」

「ここは……副院長の三輪先生しかいないのではないでしょうか」

「この状況を打開できるのは、長年病院に貢献してきた三輪先生以外考えられません」

これまでの鮎川の体制が気に入らなかった三輪派の医師たちから意見が出た。皇一郎が三輪を見る。

「いかがですか？」

三輪が立ち上がり、厳かに言う。

「私が……天堂記念病院を救えるのなら」

先ほどの二人の医師が拍手を始めると、徐々に広がっていった。三輪は口角をわずかに上げて満足げな表情を浮かべ、頭を下げる。だが皇一郎は、フッと笑みを漏らした。

「何か？」。三輪は皇一郎に尋ねる。

「すんなりとはいかないみたいですよ」

皇一郎が部屋の後方に視線を送ると、三輪もその視線を追いかけた。

「私も、立候補いたします」

一番入り口に近い席で、郁弥が手を挙げていた。

海斗ら広報部員は、会議から戻ってきた広報部長の落合理沙子《おちあいりさこ》に理事会の様子を聞いた。

「大友先生が⁉」

「あの若さで理事長って……」

立花も驚いている。

「理事長選は四日後。私たちはその後の記者会見に向けた準備を進めましょう」

落合が言い、部員たちは「はい」と返事をしてそれぞれの席に戻った。

昼休み、海斗は紗耶に電話をかけた。

『今度は理事長選ですか』

「ああ、本気でこの病院を自分のものにするつもりだよ……これ以上、あいつの好きにはさせない」

『で？　私は何をすればいいですか？』

「話が早いな」

『なんでもやりますよ。大友郁弥にスクープ潰されて、私も頭きてるんで』

「それだよ。大友郁弥がマスコミにリークした証拠をつかみたい。内部リークは重大な規約違反だからな」

『大友郁弥がリークした証拠をつかめれば、それを理由に病院から追放できるってことですね』

「あぁ」

『ただ、リーク元を割らせるのは簡単じゃありませんから、あんまり期待しないでくださいよ』

「もちろん、俺は別で動く」

『どうするつもりですか』

「まずはこっちから……」

海斗が答えようとしたとき、人の気配がした。振り返ると、三輪が近くに立っていた。

三輪が海斗に話があると言うので、二人は講堂に移動した。三輪が尋ねてくる。

「現在、新病棟のプロジェクトが大友先生発案の予防医療の線で進められていることは、ご存じですね？」

「はい」

「大友先生が理事長選に出馬したことも」

「はい……それでお話とは？」。海斗は尋ねた。

「……私と共に、智信さんのプロジェクトを取り戻しませんか？」

　三輪は切り出した。

「この病院に来て二十五年、私は一貫して智信さんを支持してきました。それは、患者のことを第一に考えるあの方の姿勢を尊敬していたからです。しかし大友先生は、自らの出世と目先の病院経営のためだけにプロジェクトをねじ曲げ、智信さんの想いを踏みにじろうとしている」

「……その点は、私も同じ想いです。彼を理事長にするわけにはいかない。私にできることがあるなら、全力を尽くします」

　海斗は本音を口にした。

「それで、私は何をすれば？」

「……海斗くんにしかできないことがあるんです」

　陽月が美咲の病室をのぞくと、美咲はテレビでワイドショーを観ていた。天堂記念病院のスキャンダルが報道されている。陽月は病室に入っていき、テレビを消した。

「あ」。美咲は陽月を見て不安げな表情を浮かべた。「大丈夫なの？」

「美咲は、自分の体のことだけ考えてればいいの。ね？」

安心するよう頭を撫でてあげて、病室を出ると海斗の声が聞こえてきた。

「すみません。小児科部長の小笠原先生にお会いしたいのですが」

海斗が安香に話しかけている。

「この時間は部長室にいらっしゃるかと」

「ありがとうございます」

海斗は部長室のほうへ向かった。

「あ、でも」

安香が声をかけたけれど、海斗の耳には届いていなかった。


海斗は部長室の前にやってきた。扉には〝只今の時間　入室禁止〟の札がかかっている。それを見つめながら、海斗は先ほどの三輪との会話を思い出していた。

「新理事長は、理事による投票で決まります」

三輪は机の上に理事たちの名札を置いた。そして、三輪派と大友派、それ以外に分けた。三輪派は三輪を含めて三人。大友派も同数だ。

「現在の状況は、三対三。まったくの五分と見ていいでしょう」

「つまり……」

海斗は三輪側にも大友側にも属さない五枚の名札を指した。

「この浮動票をより多く取ったほうが理事長選に勝つ」

「そう。そしてそのカギを握るのが、小笠原先生です」

三輪は小笠原哲也《おがさわらてつや》の名札を手に取った。

「彼は人格者で、ほかの理事たちからの信頼も厚い。彼が動けばほかの浮動票も一気に流れる」

「ですが、私は小笠原先生とは面識がありません」

小笠原どころか、これまで天堂記念病院とは関わりなく海斗は生きてきた。

「それでも、この人を動かすことができるとしたら、海斗くんだけです」

「なぜですか」

「……小笠原先生は、心臓血管外科プロジェクト立ち上げ時から智信さんの相談役として協力していたんです。智信さんのご子息である海斗くんがプロジェクトを取り戻すと説得すれば、小笠原先生の気持ちもきっと動かせるでしょう」

三輪はそう言ったが、果たしてうまくいくのだろうか。海斗は部長室のドアをノックした。だが反応はない。もう一度ノックしたが、やはり返事はなかった。

「……失礼します」

そっとドアを開くと、内側から扉がガッと開かれた。海斗の目の前に、小笠原が仁王立ちになっている。年齢は智信と同じぐらいだろう。仏頂面で海斗を睨みつけている。

「……札が見えなかったか？」

「理事長選のことでお話が……」

「札が見えたのか、見えなかったのか」

小笠原は同じことを尋ねてくる。

「……見えました。ですが」

「だったら帰ってくれ。血液培養中だ」

小笠原は扉を閉めようとする。

「私は、天堂智信の息子です！」

海斗は扉を手で押さえ、叫んだ。

「……智信の？」

小笠原は動きを止め、海斗を見た。

「……あの親不孝者か」

そして、扉は閉められた。

「小笠原先生！」

廊下で途方に暮れていると、近くに人の気配を感じた。振り返ると陽月が立っていた。

「……陽月」

「……少し話せる？」


屋上に移動して、二人でベンチに腰を下ろした。陽月は海斗に、小笠原のところに行ったのかと尋ねた。

「……小笠原先生に相談したいことがあったんだけど、取り合ってもらえなくて」

「少し気難しいところはあるかもね」

「いや、だいぶ……」

「けど、優しい人だよ」

陽月は、診察室での小笠原の様子を思い出して言った。子どもはただでさえ病院が嫌いなうえに小笠原は顔が怖い。子どもの鼻に綿棒を入れて検査などしようものなら、ワンワンと泣きだしてしまう。でも小笠原は叱ったり、無理強いしたりはしない。そして検査を終えると、なんとも優しい表情で子どもの頭にポンと手を置く。

「最初はみんな怖がるんだけど、本当は誰よりも患者思いで。海斗のお父さんとも医学部時代からの付き合いらしくて、プロジェクトについてもよく話してた。ほら、あのプロジェクトって小児の心疾患まで対象を広げてるじゃない？」

陽月は、自分が置かれている状況を海斗に話すことにした。

「今、妹がうちに入院しててね。もともと心臓に持病があったってことは前にも話したと思うんだけど」

「ああ」

「いずれ手術が必要になる。難しい手術になるから……。だから、早く海斗のお父さんのプロジェクトが進めばいいなって」

「え……だって、プロジェクトは……」

「何？」

「いや、そうだね。早く進むといい」

「……ごめんね」

陽月は伝えたかった言葉を口にした。

「え？」

「海斗のこと、信じられなかった。私や美咲を家族に紹介するのが嫌で逃げたんだって決めつけて……ひどいことも言った。本当にごめんなさい」

「……陽月は悪くないよ。俺が陽月の立場でも信じられなかったと思う」

「けど」

「もっと早く、ちゃんと向き合うべきだったんだよ。親父とも、陽月とも」

海斗の言葉を聞いて、陽月は紗耶に「先輩、陽月さんにプロポーズしようとしてました」と言われたことを思い出した。

「今さらだよな……」

そうつぶやく海斗の横で、陽月はどうしたらいいのかわからなかった。でも、もう二度と五か月前のあの頃には戻れないとだけはわかっていた。


帰宅した海斗は、出しっぱなしにしていた指輪の箱を手に取った。今日、ようやく陽月と話せた。だけど、もう元に戻れる希望はなかった。

それに、陽月は郁弥と婚約したらしい……。海斗は箱を引き出しにしまった。

数日後、海斗は三輪に呼び出され、研究室にいた。

「東理事と西川理事が大友先生についたようです」

三輪が報告してくる。

「こちら側の理事との接触を今朝から明らかに避けています」

三輪は東と西川の名札を移動した。「これで三対五。あと一票で大友先生は過半数を獲得します。小笠原先生のほうは？」

「……本日もう一度伺う予定です」

気は重いが、やるしかない。

「小笠原先生の支持を取り付けられなければ、我々に勝ち目はありません。どうかお願いします」

三輪は頭を下げたが、うまくいくかどうか、海斗には自信がなかった。


郁弥が会議室に入っていくと、望月らに加えて西川ら若手理事もいた。モニターには、大友派と三輪派で二分された理事の名札の画像が映し出されている。現時点では大友派が優勢のようだ。小笠原ら一部の名札は別の場所に置かれている。

「あの……昨日のお話は信じていいのでしょうか。大友先生が理事長になったら、私どもの研究に」

西川と東が、郁弥に近づいていった。

「お二人の論文を拝読しました。キャリアに関係なく必要なところに予算を注ぐべきでしょう。会長には私から伝えておきます」

「ありがとうございます」

二人は嬉しそうだ。

「あとは、小笠原先生ですか」

「それなんですが、天堂海斗さんが昨日から小笠原先生に近づいているようです」

東が言う。

「……そうですか」

郁弥も、海斗の動きは気にしていた。昨日も小児科に来て小笠原に接近しようとし、陽月と共に屋上で何やら話していたのも知っていたが……。

昼休み、海斗は小笠原の部長室前にやってきた。しばらく待っていると、小笠原が出てきた。手帳を手にしている。

「……いつからそこにいた？」

小笠原は驚いた顔をした。

「お話、よろしいでしょうか」

海斗は真っすぐに小笠原の目を見た。

「……二分で話してくれ」

そう言いつつ、小笠原は部長室の中に戻った。海斗もそのあとを追う。

「次の理事長選で、三輪先生に投票していただきたいんです」

二分で、と言われたので前置きはせず、用件を伝えた。

「なぜだ」

「三輪先生は父の遺志を継ぎ、心臓血管外科プロジェクトを復活させようとしています。小笠原先生は、あのプロジェクトの立ち上げ時に、父の相談に乗っていらっしゃったんですよね？」

「それで？」

「え？　ですから……」

「……軽く見られたものだな。息子の自分が説得すれば、私がなびくと思ったか？　医者の道から逃げ、十年以上親に連絡すらしなかった。そんな人間の話に耳を傾けるほど、私は人間ができてはおらんよ」

「……たしかにこれまでの自分は、勝手だったと思います。ですが」

「じゃあ君は、ダヴィンチの導入に関してはどう考える」

「え」

海斗は言葉に詰まった。

「心臓移植まで分野を広げるなら国との連携も必要だな。ドナーとレシピエントの橋渡しは誰に頼むつもりだ？」

問いかけられたが、何も言えない。

「なぜ答えられない。君は本当にあのプロジェクトに意義を感じているのか？　そもそも、病院の経営自体が危ぶまれている今、巨額の先行投資をしてまであのプロジェクトにこだわる理由はなんだ？」

「それは……」

「本当はもっと、別の目的があるんじゃないのか？」

「……どういう意味でしょうか」

海斗が困り果てているところに「失礼します」と、声がした。

「大友先生？」

なぜここに？　海斗はさらに焦った。

「先ほどご連絡いたしました通り、予防医療センターにおける概要と今後十年間の収支予測の資料をお持ちしました」

郁弥は海斗には目もくれず小笠原に言う。

「ちょっと待っててくれ」

小笠原は郁弥に言い、海斗を見た。

「話は終わりだ。帰りなさい」

モヤモヤした気持ちのまま、海斗は広報部に戻ってきた。自席でパソコンに向かっていると「よろしいですか」と郁弥の声がした。

「これまでの、マスコミ対応の記録を確認したいのですが」

広報部内に入ってきて、いつもながらの冷静な口調で言う。

「……なんのために？」

海斗は尋ねた。

「会見の準備です。理事長として最初の仕事になるでしょうから」

郁弥は海斗を挑発するように言う。

「すぐお持ちします」

立花が資料を取りに行く。

「……小笠原先生の支持を取り付けたんですか？」

海斗は郁弥に尋ねる。

「話は聞いていただきました」

「あなた、普通じゃないですよ。婚約者が……その妹が、父のプロジェクトを期待して待ってるんですよ!?」

陽月と郁弥が婚約したとは認めたくはないが、仕方がなく口にした。

「朝比奈美咲さんの症例は非常に特殊です。たった一人の患者のために、何億もの投資をするほうが普通ではないでしょう？」

あまりにも冷酷な考えに、海斗は言葉を失った。

「個人的感情に流されて判断を下す。そんな人間に理事長が務まるとは思いませんね」

郁弥の言葉に、言い返すこともできずにいたところ、「こちらです」と立花がファイルを持ってきた。郁弥はそれを受け取ると去っていった。

海斗は夜、小児科病棟に向かった。陽月はナースステーションでカルテを整理していた。

「陽月、少しいいかな。教えてほしいことがあるんだ」

海斗は美咲のカルテを見せてほしいと頼んだ。陽月はとくに理由を聞くことなくカルテを取り出し、海斗に渡した。

「心臓移植……」

「美咲、小さい頃から心筋症を抱えてて……それで海外で手術したの。三年前、美咲がまだ九歳の頃」

「そこでは、完治しなかったの？」

そんな大事な話を、海斗は知らなかった。

「手術は成功したけど、今年に入って冠動脈の狭窄が見つかったの。それがかなり複雑な症状で……」

「……だからプロジェクトに期待してたんだ」

「もう、海外で手術するしかないのかもしれないけど……海外だと、保険も利かないし……」

「そもそも、どうやって……」

「えっ？」

「三年前にも海外で手術したんだろ？　そのときの費用はどうしたんだよ」

海外での心臓の手術は高額で、手術を必要としている子どもの親が募金を呼びかけるケースも多い。

「……それは、なんとか。親が残してくれたお金とかもあったし」

「そっか」

「お姉ちゃん？」

そこに美咲が現れた。

「誰？」

美咲は海斗を見て、警戒するような表情を浮かべている。

「友達だよ。お姉ちゃんの」

海斗は優しく言った。

「どうしたの、こんな時間に。眠れないの？」

心配した様子の陽月は美咲に尋ねる。

「眠ったら、もう目が覚めないんじゃないかって」

「……そんなこと」

「わかってるよ。そんなことないって、わかってる……けど」

「大丈夫だよ」

海斗は、陽月が何かを言う前に口を開いた。

「ここにいる先生たちが一生懸命頑張ってくれてるから。だから、美咲ちゃんは絶対大丈夫……って、みんな言うよね」

「え？」

美咲は驚いている。

「大丈夫、大丈夫だよ、ってそんな言われたら逆に不安になっちゃうよ。もうさ、大丈夫って言葉、法律で禁止してほしいわ」

海斗の言葉に、美咲はぎこちなく笑った。

「お兄さんもね、昔心臓の手術したんだ」

「……そうなの？」

「ほら」

シャツのボタンを外し、胸元から傷を少し見せた。

「……怖くなかったの？」

「全っ然怖くなかった……ってみんなには言ってる」

「え？」

「ほんとはめっちゃ怖かったし、毎日泣いてた。怖いよ。そりゃ怖いに決まってるじゃん」

「うん」

「けど、今こうして生きてる。昔の自分に会えたら言ってやりたいよ。俺、今こんな元気だぜ！って。ラーメン大盛り食べちゃうぜって。ライスと餃子だって付けちゃうぜって」

「……食べすぎじゃない？」

美咲は、今度は本当に笑っている。

「かもね」

海斗もつられて笑った。

「でも、いつか食べてみたいな」

「おすすめの店あるよ」

それからしばらく、海斗と美咲は会話を続けた。

「おやすみなさい」

だいぶ気持ちが落ち着いたのか、美咲は自分から病室に戻っていく。

「ありがとう」

陽月は海斗に言った。

「……俺が医者だったら、もっと安心させられたのかな」

「ううん……。海斗のおかげで、今日は美咲ゆっくり眠れると思う。本当にありがとう」

陽月が、穏やかな笑顔を浮かべている。

「……親父もこんな気持ちだったのかもな」

「え？」

「心臓血管外科プロジェクトってさ、もともと俺の病気が原因で始まったんだよ。俺の心臓、うちの病院じゃ手術できなかったから。俺も、美咲ちゃんを治してあげることはできないけど……美咲ちゃんのために動くことはできるんだよな」

そう言うと、海斗は歩きだした。

「どこ行くの？」

「資料室。ちゃんと知ろうと思って、親父のプロジェクトについて」

「待って」

陽月は海斗を呼び止める。

「手伝うよ」

紗耶はバーに来ていた。少し離れた席で木村が酒を飲んでいる。紗耶はチラチラと様子をうかがっていた。店に新しい客が入ってきたので確認すると、郁弥だ。

「お待たせしました」

郁弥は木村の隣に座った。紗耶はこっそりスマホのビデオを起動させた。

「先日はどうも。おかげで良い記事が書けましたよ」

木村は上着のポケットから茶封筒を出した。

「こういったものはけっこうです」

「堅いなぁ、大友先生は。また面白い情報あったらお願いしますよ」

「……こちらこそ、何かあればまたお願いします」

そう言ったところに木村のスマホが鳴り、「失礼」と席を外した。郁弥は顔を上げ、こっそり撮影していた紗耶を見た。

「……よかったら一緒に飲みませんか。『週刊文潮』の木下紗耶さん」


陽月は海斗が所属する広報部に一緒に行き、資料集めをしていた。

「ほんとごめん、こんな時間に」

海斗が声をかけてくる。

「だから気にしなくていいって。机はもう少し片付けてほしいけど」

陽月は海斗の散らかった机を見て言った。

「絶対言うと思った」

海斗が苦笑いを浮かべ、二人の間に親密な空気が漂いかける。

「……重要そうなところには付箋《ふせん》貼ってくね」

「あ」

「最重要は赤、それなりに重要は黄色、普通は青、でしょ？」

「……うん」

「わかってますよ」

二人は資料に目を通していった。陽月が海斗をチラリと見ると、資料を読み込むことに集中している。週刊誌の編集部で働いていた海斗としては、慣れた作業なのだろう。

と、海斗のスマホが震えた。海斗がスマホを手に立ち上がった拍子に、机に積んであった書類や冊子が崩れた。

「あぁっ！」

「いいよ、出て」

陽月が立ち上がると、海斗は申し訳なさそうに部屋の外に出ていった。陽月が床に落ちたものを拾って机の上に載せていると、ある書類の束を拾ったところで、手が止まった。そこには、『新病棟プロジェクト新プラン』とあり、〝大友郁弥〟という名前も載っていた……。

『先輩、やられました』

紗耶は、海斗の声を聞くなり言った。そして、ついさっき起きた出来事を報告した。木村を尾行し、バーで郁弥と会っているのを突き止めた。こっそり録画していたが郁弥に見つかり、スマホの動画を削除させられた——。

「これで全部ですかね。ずいぶん前から私のことを調べていたようですが、ようやくお会いできましたね」

郁弥は紗耶に言った。紗耶は驚いた様子で、いつから気づいていたのかと尋ねる。

「看護師の木谷景子さんから連絡があったんです。新栄出版の木下という記者が訪ねてきた、と」

郁弥は冷静に答える。景子も郁弥を疑っているのだろうと思っていたのだが、甘かった。

「一連の事件で、天堂海斗と共に私を追っていることは、すぐに想像がつきました。今回は、私が情報をリークしている証拠をつかみ、背任行為で病院から追放しようといったところですか？」

「……どうでしょうね」

はぐらかしてみたものの、紗耶は完全に郁弥に気圧《けお》されていた。彫りの深い独特の目から放たれる力は恐ろしいほど強く、まともに目を見ることができない。

「悪い策だとは思いません。ただ、彼もあなたに院内の情報をリークしていますよね？」

「え？」

「その証拠も私は持っています。つまり……」

「いつでも先輩を追放できる」

「海斗さんがまだ病院に残るつもりなら、これ以上私を詮索することはお控えください」

「……カマかけてますよね？　本当は証拠なんて持ってない」

紗耶こそ、苦し紛れのカマをかけてみた。

「どう捉えていただこうと自由です」

郁弥のほうが一枚上手だった。


バーでの郁弥とのやりとりを、正確に海斗に伝えた。

『向こうが証拠を持っている可能性がある以上、下手に動くことはできません』

「いいよ、これでわかりやすくなった。理事長選で勝つしかないってことだろ?」

『そういうことです』

紗耶はため息をついた。


広報部に、電話を終えた海斗が戻ってきた。

「ごめん、お待たせ……どうかした?」

海斗はぼんやりとしていた陽月に声をかけた。

「え? 何も」

「あ、これありがとう」

海斗は、きれいに片付いている机の上を見て申し訳なさそうだ。

「ううん、電話、大丈夫だった?」

「ああ」

海斗は再び資料に集中した。


翌朝、美咲が目覚めると、病室には佐竹がいた。

「おはよう」

「……おじさん、誰ですか?」

目つきが暗く、鋭く、見るからに怪しい。

「お姉さんの、お友達」

「……おともだち?」

不思議がる美咲を、佐竹は笑顔で見つめた。


郁弥が廊下を歩いていると、スーツ姿の見慣れない男が会議室から出てきた。続いて三輪が出てきて、その男を見送っている。郁弥はそのまま進んでいくと、三輪とすれ違うかたちになった。三輪はそのまま会議室に戻ったが、郁弥は足を止めて振り返り、その様子を確認した。


海斗はまたもや小笠原の部長室前で待っていた。

「……君もしつこいな」

診療を終えて出てきた小笠原は、海斗に気づいてうんざりした表情を浮かべている。

「もう一度だけ、話を聞いてください」

海斗は『心臓血管外科プロジェクト概要』という見出しの資料を渡した。小笠原は、しぶしぶ、海斗を部長室に入れた。

「私なりにプロジェクトを解釈し、そちらにまとめました。先生がおっしゃっていた通り、すぐには利益が見込めない事業です。このプロジェクトを今進めることは、天堂記念病院にとって大きなリスクになるでしょう」

「なら答えは出てるじゃないか」

「ただ、ほかではできない最先端の手術をうちでできるようになれば、それは総合病院としてのブランディングに繫がります。長期的視座に立てば、決して無駄な投資ではありません」

「一夜漬けの知識で私に講釈を垂れる気か」

「……もちろん、父が長い年月をかけて築いてきた構想を一晩で理解しようだなんて思っておりません」

「なら話は終わりだ。出てってくれ」

小笠原の態度は一貫している。

「ただ……、ただ、父の想いは理解できた気がします。私は医者じゃない。私の手で、誰かを治すことはできない。それでも、このプロジェクトが動きだせば……。父が私の命を救ったように、今度は私が……目の前の小さな命を救いたいんです」

これは海斗の本心だった。

「病院の未来よりも、目の前の患者の命を優先すると？　理想論だな」

「理想も語れない病院で、患者は未来を描けるでしょうか？」

海斗は問いかけた。

「……不愉快だ。帰りなさい」

「まだ話は」

「帰れと言っているだろう！」

「……失礼します」

海斗はこれ以上の説得は諦めて、部長室を出た。


海斗が出ていった後、小笠原は棚に置いてあるファイルから企画書を取り出した。

「これは俺たちがやるべきことなんだよ！」

そう言った智信と、理事長室で『心臓血管外科プロジェクト』についての議論を交わした日を思い出す。

「採算が取れなきゃ、ほかの分野で埋め合わせればいい」

智信は言った。

「それで病院が潰れたらどうする。おまえの話は全部理想論なんだよ」

小笠原は智信が推し進めようとしているプロジェクトに反対だった。

「それの何が悪い」

智信は引かなかった。

「理想も語れなくなったら、病院はおしまいだろ？」

智信が言った言葉は、先ほど海斗が放った言葉とほぼ変わりなかった。


陽月は美咲の病室で、体温などをチェックしていた。

「昨日はありがとうって、あのお兄ちゃんに伝えておいて」

「うん」

海斗のことを言われると、複雑だ。美咲から目を逸らすと、机の上に見覚えのないぬいぐるみがあることに気づいた。

「これ、どうしたの？」

「プレゼントだって。今朝、お姉ちゃんの友達って人がもう一人来て」

「えっ？」

いったい誰だろう。思い当たる友達などいない。

「先生、おはよう」

美咲の声に顔を上げると、郁弥がいた。

「おはよう」

郁弥は笑みを浮かべ、美咲と陽月を見る。

「……じゃあ、美咲。また後でくるね」

陽月は郁弥を避けるように、病室を出た。


海斗と三輪は研究室にいた。

「小笠原先生から連絡がありました」

三輪は言うが、海斗は力及ばず悔しい気持ちでいっぱいだった。

「私に票を投じてくださるそうです」

「え！」

意外な展開に、海斗の表情は明るくなる。

「これで小笠原先生の出方をうかがっていた近藤《こんどう》理事と辻村《つじむら》理事も私に賛同してくれるでしょう」

三輪は浮動票となっていた小笠原を含む三枚の名札を自分のほうに置いた。

「よくやってくれました。智信さんもきっと喜びますね」

「はい」

海斗は笑顔で頷いた。


皇一郎はホテルの一室でティータイムを楽しんでいた。ケーキとプリンを堪能していると、綾乃が近づいてきた。

「三國グループの瀬野尾《せのお》会長からご連絡がありました。今年度の融資を取りやめにしたいと」

「……肝の小さい奴ばかりで困るな」

「このたびの件で膿は出し切りましたので、今後の天堂記念病院にご期待ください、とはお伝えしておきましたが」

「ほかの連中にもそう言っておけばいい。実際は、ともかくとしてな」

皇一郎はニヤリと笑った。

郁弥は、部長室の前で小笠原を待っていた。やがて、私服に着替えた小笠原が出てきた。

「悪いが、もう結論は出た」

小笠原はそう言って立ち去ろうとする。

「お待ちください」

郁弥はすぐに声をかけた。

「一つ、耳に入れておいていただきたい情報が」


海斗は血相を変えて廊下を走っていた。

「小笠原先生！」

ノックもせずに、部長室に飛び込んでいく。

「どういうことですか、支持を取りやめるって」

「この病院に期待した私が愚かだった」

小笠原は海斗に資料を渡して、去っていった。その背中は、海斗をこれまで以上に拒絶していた。


海斗が研究室に入っていくと、三輪はすでに来ていた。

「海斗くん、どうしました？」

「……小笠原先生が支持を取りやめると」

「そんな、どうして急に」

三輪は表情を曇らせた。

「仕方ないと思います」

「え？」

「『心臓血管外科プロジェクト』を取り戻すと言っていた人間が、まったく違うプロジェクトを計画していたのですから」

海斗は手にしていた資料を机に放った。『再生医療研究センター　新規建設計画書』とあり、三輪の名前も記されている。

「再生医療は三輪先生が長年研究されてきた分野でしたね」

「いや、これは……」

三輪はなんとか言い逃れようとしている。

「……あなたは最初から父のプロジェクトを取り戻すつもりなんてなかった。小笠原先生の票を取るために俺を利用したかっただけなんですよね？　そして、理事長となり権力を握ったら、自分が望むプロジェクトを始動させるつもりだった」

「待ってください、海斗くん。たしかにこれは私が以前に作った企画書です。ただ、形となる前に諦めたものですよ。なぜこんなものが今頃表に出てきたのか……」

三輪が苦しい言い訳をしているところに郁弥が入ってきた。

「失礼します」

「大友先生、どうしたんですか突然」

三輪は目を見開いている。

「三輪先生宛にニッカメディカルから書類が届いておりましたので」

郁弥は言った。

「えっ？」

「ちょうど昨日、会われていましたよね？」

海斗は郁弥の手から書類を奪い取った。契約書の雛型だ。

「ニッカメディカルとの独占契約にて機材購入を検討していらっしゃるようですね」

郁弥が三輪を責める。

「これのどこが諦めてるんですか？　なんで、自分の都合の良いように、騙したり、裏切ったり、そんなことが平気でできるんですか!?」

海斗も三輪に詰め寄った。

「……何が悪い。ずっと、我慢してきたんだよ。二十五年間、ずっと。これくらい、何が悪い！」

「開き直らないでくださいよ」

「黙れ！」

三輪は海斗を一喝した。

「おまえにはわからないだろう？　どれだけ患者を治しても、研究で成果を出しても、一族経営の天堂記念病院では決して報われない。認められることはない。そんな私の気持ち、おまえにはわからないだろう？」

「……この情報が広まれば、智信さんを慕ってあなたを支持していた理事たちは失望するでしょうね」

口を開いたのは、郁弥だ。

「今降りていただければこれ以上表沙汰にはしません。ほかの病院の働き口も紹介しますよ。もはや、あなたに勝ち目はありません」

郁弥の言葉に、三輪は観念したように目を閉じ、うなだれた。

「勝負は決まりましたね」

郁弥は海斗に言った。

「明日の理事長選をもって私が理事長に就任します。会見はその翌日にしましょう。準備をお願いします」

　郁弥は研究室を出ていった。


「申し訳ありませんでした」

　海斗は小笠原のもとへと向かい、頭を下げた。

「なぜ謝る必要がある？」

「小笠原先生を裏切りました」

「裏切ったのは三輪だろう。本当にもう、あのプロジェクトが復活する可能性はないのか」

　小笠原に問いかけられたが、海斗は黙った。

「……そうか」

　海斗は小笠原の部長室を出た。そこには皇一郎が立っていた。


　海斗は皇一郎と、理事長室で向かい合った。

「智信が二十五年、その前は私が座っていた椅子だ」

　皇一郎は革張りのソファを見つめる。

「三輪が降りたらしいな」

さすがに情報が早い。

「ええ」

「いろいろと動き回っていたみたいだが、どうするつもりだ？」

「もう、どうすることもできません」

「どうして人は権力を欲して上を目指すと思う？」

問いかけられたが、何も答えられない。

「他人に邪魔されず、自分の意志を貫くことができるからだよ」

「自分の意志を……」

海斗は、皇一郎の言葉を繰り返す。

「駒に成り下がっている人間が、この世界で何かを為すことは決してない」

駒。その言葉が胸に突き刺さる。

「今のおまえは、息苦しそうだ。思い切り、息が吸える場所に行きたいとは思わないのか」

皇一郎は手にしていた杖を海斗に向けた。

海斗は視線をさまよわせ、理事長の椅子を見る。幼き日の海斗を膝の上に座らせて頭を撫でてくれた智信を思い出し、海斗は決意の表情を浮かべた。

夜勤明けの郁弥はロッカー室で白衣を着て、小さく頷いた。

廊下に出て歩いていると、腕章を付けたマスコミとすれ違った。胸騒ぎがする。

郁弥は記者会見場に向かって、慌てて走った。会見場では、マスコミが席を埋め尽くしている。壇上の席は、まだ空いていた。するとスーツ姿の男が壇上に向かい、無数のフラッシュが焚かれた。壇上に立ったのは海斗だ。気づいた記者たちもざわついている。

やがて会見が始まった。

「前理事長・天堂智信の息子、天堂海斗です。このたびは弊院における一連の事件により、多大なご迷惑、ご不安を与えてしまったこと、深くお詫び申し上げます」

海斗は深々と頭を下げた。会場のフラッシュが一斉に光る。

「事件の当事者でもある私がお話しすることで、皆様により具体的かつ忖度《そんたく》のないご説明ができると考え、登壇した次第です」

壇上で話す海斗を、皇一郎が少し離れたところから見ていた。顔には不敵な笑みが広がっている。

「……会長、記者会見は明日のはずでは」

郁弥は皇一郎に声をかけた。

「あいつの意志だよ」

皇一郎は壇上にいる海斗を見た。

「すでに報道されている通り、天堂記念病院では、自らの出世のために権力を奪い合う者たちが、多くの過ちを犯すに至りました。今後は、その愚かさを身をもって知った私が、責任を持って、この病院を変えていく所存です」

郁弥は壇上の海斗をじっと見ていた。その晴れ晴れとした表情を見ているうちに、かつて自分から椅子を奪った少年海斗の姿と重なった。


昼休み、海斗は皇一郎のもとを訪ねた。

「勝手を認めていただき、ありがとうございました」

「良いアイデアだったからな。被害者の言葉ほど強いものはない。おまえが責任を取ると言ってしまえば、もう幕引きだろう」

「はい」

「それで？　わざわざ礼を言いに来たのか？」

「……お願いがあります」

海斗は改めて皇一郎を見た。

「なんだ?」

「私を理事に推薦していただけませんか」

「……理事になってどうする?」

「私が記者会見を開いたことで、本日行われる予定だった理事長選が延期になりました。つまり、まだ理事長の椅子は空いている……理事長選に出馬します」


海斗は、病院の地下駐車場で郁弥を待っていた。歩いてきた郁弥を見つけると、近づいていく。

「……記者会見、ご苦労さまでした」

郁弥が先に声をかけてきた。

「どうも」

「……何か用ですか?」

郁弥がそう言ったとき、仕事を終えた陽月が駐車場に現れた。陽月は二人が話していることに気づき、物陰に隠れて様子をうかがう。

「変わらず理事長を目指すんですよね」

海斗が郁弥に問う。

「そのつもりです」

「……私も、理事長選に出馬することにしました。言いましたよね、あなたの思い通りにはさせない、と」

「……そうですか」

郁弥は立ち去ろうと歩きだした。

「それともう一つ」

海斗は声を上げ、郁弥を引き留めた。

「陽月のことをどう思っていますか？」

「……どう、というのは？」

「あなたは陽月を……陽月を愛してるわけじゃないですよね？　天堂家への復讐のために、俺から、大事なものを奪いたかっただけなんですよね？」

「……だとしたらなんですか？」

「陽月の気持ちはどうなるんですか？」

「……あなたに関係ないでしょう」

「ふざけるな！」

海斗は、地下駐車場内に響き渡るほどの声を上げた。

「取り戻してみせますよ。あなたに奪われたものすべてをね」

皇一郎はホテルの部屋でお茶を飲んでいた。

熱いお茶をすすって宙を見つめ、深い皺が刻まれた顔に満面の笑みを浮かべた。

5

三年前――。

陽月はとある高級ラウンジで、数人のキャストに交じり、男性客に酒を注いでいた。

「どうぞ」

グラスを男性客の前に置いた。

「ヒカリさん」

スタッフに呼ばれ、「失礼します」とテーブルを離れる。

「あちらのテーブル、指名入りました。かなりＶＩＰだから丁重にね」

「はい」と頷き、陽月は新たな席についた。

「初めまして。お仕事終わりですか？」

「ええ」。その男は、佐竹だった。

「お疲れさまです。お名前聞いてもいいですか？」

「どうぞ」

佐竹は陽月に名刺を渡した。

「え、インタークロスってあの？　すごい、代表なんですね」

驚く陽月を、佐竹はじっと見つめていた。

＊

天堂記念病院の会議室では、支援者に向けた説明会が行われていた。

「このたび、我が天堂記念病院で起きた痛ましい事件により、日頃ご支援いただいている皆様に大変なご心配をおかけしておりますこと、お詫びいたします」

皇一郎は不祥事の説明をし、ハンカチで涙を拭きながら深々と頭を下げる。

「この五十年、清廉潔白を第一に経営を続けてまいりましたが、私のあずかり知らぬところで、弊院は重い病に侵されていたようです。ただ、人が風邪を患うことで免疫をつけていくのと同様、天堂記念病院もこのたびの病を乗り越えることで、さらなる成長を遂げるでしょう。そして、そのための第一歩として現在、新たな理事長の選定を進めております」

皇一郎の背後には、海斗と郁弥が控えていた。

「今後はその新理事長が中心となり、ゼロから再出発いたします。どうぞこれからの天堂記念病院にご期待ください」

＊

支援者に向けた説明会が始まる前に、海斗と郁弥は皇一郎に呼ばれた。

「理事長選は中止にする」

「どういうことですか」

海斗は耳を疑った。

「私に理事長になるチャンスをいただけるはずじゃ……」

海斗が絶句していると、皇一郎は綾乃に目配せした。綾乃は海斗と郁弥に用紙を渡す。

見ると、人名・社名がリストアップされていた。

「一連の事件によって融資を取り下げた方々の一覧です」

「これ全部……」

海斗は再び絶句した。

「薄情な連中だよ」

皇一郎が吐き捨てるように言った後、綾乃が続ける。

「このまま融資取り下げの状況が続けば、早々に資金がショートし、やがては天堂記念病院の存続自体、危うくなります」

「この窮地から病院を救った者を理事長とする」

「えっ」。海斗は言葉に詰まった。

「つまり、融資を取り付けてこいと？」

先ほどから黙って聞いていた郁弥が口を開いた。

皇一郎は言う。「新病棟のプロジェクトに関しても、新理事長に一任しよう」

「しかし……理事長は本来理事たちの信任を得てなるべきものでしょう!?」

海斗は焦っていたが、

「私はかまいません。この程度の事態も打開できないようでは、今後の天堂記念病院を背負って立つ資格はありませんから」

郁弥はいつものように冷静で、自信に満ちている。

「さすが大友先生だ」

皇一郎は言い、綾乃は新たな用紙を取り出した。

「事前に融資元として目ぼしい方々をリストアップしておきました。本日の十三時に、一連の事件に関する説明会と称して、天堂記念病院に融資の実績がある支援者の方々を集めております。当然、そちらのリストに載っている資産家や銀行の重役クラスの方々も」

「期限は一週間。どんな手を使ってもかまわん。奴らから金を引っ張ってみせろ」

皇一郎は、海斗と郁弥を見た。

「承知しました」

返事をしたのは、郁弥だけだった。

＊

「以上をもちまして会を終了させていただきます。引き続きのご支援をよろしくお願いいたします」

司会進行を務めた落合が言い、出席者たちは複雑な表情を浮かべながら、席を立って帰っていく。

海斗は綾乃が説明会の前に「医療機器メーカー・東都電子・専務、宮城誠《みやぎまこと》」と紹介した男を見た。「自社製品の購入を条件としますが、天堂記念病院との付き合いは長く、手堅い相手と言えるでしょう」と紹介していた。

海斗は廊下に出た宮城を追いかけ、声をかけた。

「宮城さん、初めまして。天堂海斗と申します」

「天堂？」

宮城が振り返り、海斗の顔をしげしげと見つめる。

「天堂智信の息子です。宮城さんには父が理事長の頃からお世話になっていると伺っております。ぜひまたご融資の相談に乗っていただけないかと」

海斗が言うと、宮城は露骨に苦い表情を浮かべた。

「何か勘違いしてらっしゃいませんか？」

「えっ」

「私たちは、不祥事を起こした天堂記念病院が今後どう立て直しを図るつもりなのか、納得できる説明を受けにここに来たんですよ。それなのに突然融資を持ちかけるなんて、厚かましいにもほどがある」

宮城は憤慨し、去っていった。

「たしかに、予防医療に特化すれば立て直しも早いでしょうね」

声がしたので振り返ると、郁弥が出席者と話していた。あの男性はたしか、投資ファンド・レイスキャピタルＣＥＯ・阿《あ》川《がわ》遼《りょう》太《た》郎《ろう》だ。綾乃は「現在急成長中の投資ファンドです」と紹介していた。

「このような状況にもかかわらず、お話を聞いていただき感謝いたします」

郁弥は丁寧な口調で言い、頭を下げている。

「興味深いアイデアだと思いますので。ぜひ、今度弊社にお越しください」

阿川とやりとりをしている郁弥を見て、海斗は気ばかり焦った。


会議室の近くを通りかかった陽月は、海斗と郁弥がそれぞれやりとりしているのを聞いてしまった。海斗はどこかへ行ってしまったが、郁弥が陽月のほうを向いた。目が合ってしまい、陽月は慌てて踵を返そうとした。すると、目の前に佐竹が立っていた。

「お久しぶり」

佐竹がニヤリと笑った。


話したいことがあると言われ、陽月は佐竹と一緒に廊下へ移動した。

「……どうしてここに」

「ぬいぐるみ、かわいがってくれてる？　妹さん」

「えっ」

そういえば、病室に見たことのないぬいぐるみが置いてあり、美咲はお姉ちゃんの友達からもらったと言っていた。

「……妹に会ったんですか？」

「急に連絡取れなくなったと思ったら、楽しくやってるみたいだね」

佐竹は陽月に何枚かの写真を渡した。陽月が郁弥の車の助手席に乗っている写真だ。

陽月が顔をしかめると、佐竹は楽しそうに笑った。

「この病院の次期理事長候補なんだって？　将来安泰じゃない」

その言葉に、陽月は佐竹を睨みつける。

「おかしいな。誰のおかげであの子が生きてるか忘れちゃった？」

佐竹が陽月の髪に触れようと手を伸ばしてきたとき、その手を誰かがつかんだ。

「どうしました？」

郁弥だ。

「お知り合いですか？」

眉根を寄せ、強い視線で佐竹を見ている。

「……人違いでした。いや、大変失礼」

佐竹はその場から立ち去る。陽月も郁弥に対してどういう態度を取ったらいいのかわからず、そそくさと病棟に戻っていった。

海斗は投資家の坂本春香《さかもとはるか》を呼び止め、プロジェクトの資料を読んでもらった。

「国内でも例がない、この心臓血管外科プロジェクトが軌道に乗れば……」

「もうけっこうです」

坂本は資料を突き返してきた。

「先ほどから長期的なビジョンのお話ばかりで、短期の具体的な改善策が提示されていませんよね」

海斗に背を向けて歩きだす。

「たしかに時間はかかります。ですが……」

もう一度話を聞いてもらおうと、海斗は坂本を追いかけた。

「もうけっこうですので」

坂本が振り払った拍子に資料が床に散らばった。ため息をつき、海斗は資料を拾い集める。何枚か拾い集めたところで手が伸びてきた。

「すみません」

手伝ってくれる男性を見ると、綾乃が「外資系銀行・大堂ウィルズ東京支店長」と言っていた宇佐美義満《うさみよしみつ》だ。「億単位の融資も彼の一存で決まります」とのことだった。

「どうぞ」

宇佐美は集めた資料を海斗に差し出して帰っていこうとする。

「……あの」

「はい？」

「天堂海斗と申します。宇佐美さん、少しお時間いただけませんか」

海斗が言うと、宇佐美は怪訝そうに眉をひそめた。

「厚かましいこと、見苦しいこと、すべて承知のうえです。それでも……どうかお話だけでも聞いてください！」

「えっ？」

頭を下げると、宇佐美が「こちらこそ、ぜひ」と言った。

「あの会見は立派でした。その若さで、なかなかできることじゃない」

海斗の会見を、見ていてくれたようだ。

「今度、お食事でも一緒にどうですか？　お話をゆっくり聞かせてください」

「ありがとうございます！」

海斗は深く頭を下げた。

翌日の昼休み、海斗はカフェスペースにいた。綾乃にもらった『融資元として目ぼしい方々』の名簿を手に、電話をかけ続けている。

「はい、はい……たびたび申し訳ございませんでした。失礼します」

また、相手に煙たがられた。電話を切り、リストの名前に赤で打ち消し線を引く。既にリストは真っ赤だ。海斗はため息をつき、スマホを見る。ショートメッセージで『その後いかがでしょうか』など何度か宇佐美に連絡を入れているのだが、返信はない。

と、郁弥が阿川と談笑しながらエントランス付近を歩いているのが目に入った。郁弥は自動ドアの内側で頭を下げ、帰っていく阿川を見送っている。元の姿勢に戻った郁弥は、海斗に気づく。目が合ったが、郁弥は黙って去っていった。

海斗は焦ってリストをめくり、支援者に電話をかけようとした。と、同時に電話がかかってきた。宇佐美からだ。

「もしもし！　宇佐美さん、先日はありがとうございました。はい。今夜ですか？　はい、大丈夫です。え？」

美咲の今後の治療について話し合うため、陽月は診察室にいた。

「美咲さんの心臓に拡大が見られます」

Ｘ線写真を見ていた郁弥が言う。

「このままだとＩＣＵに戻らなくてはいけません」

「……どういうことですか」

「虚血性心筋障害が進んでいるということだろう？」

前回の手術の執刀医である小笠原が言った。

「このまま悪化すれば、想定していたよりも早く手術をする必要が出てくる。が、今のうちの設備では対応が難しい。心臓血管外科プロジェクトが進んでいればな……」

小笠原の言葉を聞くと、陽月は不安げに郁弥を見た。


診察室を出た陽月は気持ちを立て直し、美咲の病室に入っていった。

「お姉ちゃん、外出許可下りた？」

「……まだ難しいみたい」

「えー」。美咲は不服そうに、口を尖《とが》らせた。

「でも順調に回復してるって」

「ほんと？　じゃあ、今年の夏こそ花火、見に行けるかな？」

「……うん。だから頑張ろうね」

「やったー」

満面の笑みの美咲を見ていると、胸が痛くなる。目を逸らした陽月の視界に、ぬいぐるみが飛び込んでくる。

「かわいいでしょ。お友達にありがとうって言っておいて。優しい人ばっかりだね、お姉ちゃんのお友達」

「友達じゃない」

認めたくなくて、否定した。

「じゃあ、何？」

「……ごめん、呼び出しだ。もう行くね」

陽月はPHSを手に、廊下に出た。しばらく歩いてPHSをしまい、ため息をつきながらナースステーションに戻った。


海斗は紗耶を連れ、高級レストランの前に立っていた。いつもはカジュアルなファッションの紗耶だが、今日はパリッとしたワンピースを着ている。海斗もパリッとしたスーツ姿だ。

「で、なんで私が呼ばれたんですか」

「もともと三人で予約してた会食がキャンセルになったって。女性がいたほうが華やかだろうって言うし」

「たしかに私がいれば華やかでしょうけど」

紗耶は冗談めかして言ったが、海斗はスルーして気合いを入れる。

「ここが勝負だ。なんとしても融資を取り付ける。粗相《そそう》だけはするなよ」

「はいはい、適当に話合わせればいいんですよね」

「行こう」

腕時計に視線を落として時間を確認し、海斗は店に入っていった。


宇佐美との会食は和やかに進んだ。

「へぇ、記者を？　それはやりがいあるでしょうね」

「全然です。やってることは芸能ゴシップばっかりで。今日もタレントの不倫追っかけたり」

紗耶は謙遜《けんそん》した。

「それも立派なお仕事ですよ」

宇佐美はにこやかに笑い、海斗を見た。

「木下さんは、天堂さんのパートナーなんですか」

「いえ、ただの後輩です。私も以前、記者をやっていまして」

あっさりと言い、海斗は本題に入った。

「それで、先日お送りしましたプロジェクトの概要についてなんですが」

「ええ、拝見しましたよ」

「ありがとうございます！　このプロジェクトが軌道に乗れば、天堂記念病院の信用およびブランドも回復し、ご融資いただいたとしても、滞りなく返済していけるかと」

「海斗さん」

「はい」

「まずは食事を楽しみませんか？」

宇佐美にたしなめられてしまった。

「……失礼しました」

海斗は恥ずかしくなり、うつむいた。

「あれ？　このワイン、もしかしてエペ・ド・ロープですか？」

紗耶がすかさず助け舟を出してくれた。

「わかる？　僕の持ち込み」

「なかなか手に入らないんですよね」

「これ輸入してる会社の社長が知り合いで……木下さんの分も確保しておきますよ」

「え、そんなの嬉しすぎです！」

「こちらこそ、このワインの良さわかってくれるの嬉しいからさ」

宇佐美は機嫌を直していた。


通用口から出てきた陽月はぬいぐるみが入ったビニール袋を手にしていた。それを無造作にゴミ箱に捨て、帰っていく。その様子を、病院の裏に車を停めた佐竹が車内からじっと見ていた。

「何してらっしゃるんですか」

郁弥が突然、佐竹の車の助手席ドアを開け、乗り込んだ。

「いや……」

佐竹は突然の郁弥の登場に動揺している。

「あなたと陽月の間に何があったか、聞くつもりはありません。ただ、もう彼女に関わらないでいただけますか？」

郁弥は封筒を差し出した。佐竹はその分厚い封筒の中身を見た。

「なんだよこれ」

「見苦しいですよ。関係が終わった相手につきまとうのは。それを知ったら八歳の娘さん、悲しむんじゃないですか。ご家庭もあるのに、派手に遊ばれているようですね」

郁弥は佐竹の身辺を調べ上げていた。

「中に名刺も入っています。何かあれば、私にご連絡ください。では」

郁弥は車を降りた。

「おい、ちょっと待て」

佐竹が声をかけてきたが、郁弥は振り返らずに立ち去った。


最後にデザートを食べ、会食が終わった。

「木下さん、この後は？　近くにワイン好きなら絶対喜ぶバーがあるんだけど」

宇佐美は紗耶に声をかけた。

「……ぜひご一緒したいです」

紗耶は一瞬迷ったが、誘いに乗ることにした。

「よかった。じゃあ、会計してきますね」。宇佐美が席を立つ。

「俺も行くよ」

海斗が紗耶にささやいた。

「いや、どう考えても先輩来る空気じゃないでしょ」

「木下だけで行くのもおかしいだろ」

「機嫌悪くなりますよ。せっかくいい感じなのに」

紗耶は海斗を制して言った。

「融資取り付けなきゃまずいんでしょ。バッチリ先輩のことプレゼンしてきますから」

「……でも」

「てか、興味あるんですよ。あのレベルの人が行くバーってすごそうじゃないですか」

いつか仕事に役立つかもしれない。そんな思いもあるが、最大の目的は、海斗が理事長になるために協力することだ。

「任せてくださいって」


店の外に出ると、宇佐美の迎えの車が待っていた。

「乗って」

「ありがとうございまーす」

紗耶は車に乗り込む直前、海斗を見た。海斗は申し訳なさそうな、心配そうな、なんとも複雑な表情を浮かべていた。そんな海斗を置き去りにし、車は発進した。

海斗は一人で五十嵐の店に行った。紗耶のことが気になり、落ち着かない。

「何ソワソワしてんだよ」

ビールを持ってきた五十嵐が尋ねてくる。

「別に」

と、スマホが震えた。紗耶からだ。すぐにメッセージ画面を開く。

『ただのワインバーではなさそうです』という文章と共に、外観と店内の写真が送られてきた。

『何かあったらすぐ連絡を』と返信すると、すぐに『了解です』とレスがあった。

陽月は、海斗と付き合っていた頃によく来ていた五十嵐の店に向かっていた。ドアの前で迷ったけれど、思い切って入っていく。

「いらっしゃい」

五十嵐が声をかけた。その声に海斗が振り向くと、店に入ってきた陽月に気づいて、驚きの表情を浮かべた。二人はしばらく見つめ合っていた。

紗耶はカウンターで宇佐美とワインを飲んでいた。

「おいしいです」

一杯目のワインは、とても飲みやすかった。

「次、僕のおすすめ飲んでもらいたいな。ちょっと強めだけど、好きだと思う」

「……いただきます!」

紗耶は海斗の件をアピールするチャンスをうかがっていた。

「あの」

「天堂記念病院の融資の件、どう思う?」

「えっ?」

紗耶が声を上げたので、宇佐美が「何?」と、顔をのぞき込んでくる。

「いえ、宇佐美さんからその話が出ると思わなかったんで」

「僕だってちゃんと考えてるよ。けど、今の天堂記念病院に融資するのってリスクしかないじゃない? それに見合ったリターンってなんだろうなってところが引っかかってて」

話は、あまりいい方向に進んでいかない。紗耶はどう軌道修正するか考えていた。

「海斗くん、だっけ？　熱意は感じるけど、まだ若いし、信用していいのかどうか」

「……たしかに見てて危なっかしいですよね」

「だよね」

「いつもそうなんです。すぐに熱くなって、周りが見えなくなって、勝手に一人で突っ走って……。けどあの人は、誰かを騙したり、裏切ったりは絶対にしない人です。ていうか、できない人なんです。そこだけは、ずっと見てきた私が保証します」

「いい先輩なんだね」

「振り回されてばっかりですけど」

そこに、店員がショットグラスを持ってきた。受け取った宇佐美が、紗耶の前に置いた。ウィスキーやテキーラなどのアルコール度数の高い酒を、ストレートで飲むグラスだ。

「グッといっちゃってよ」

「……いただきます」

紗耶はグラスを傾けた。

「はい、アンチョビオリーブお待ち」

五十嵐は、海斗と陽月のテーブルにタコ焼きを置いた。

「わ、懐かしい」

「ここ来るの久しぶり？」

海斗は尋ねた。

「うん。なんか来づらくて。海斗がいなくなってから。今日はたまたま近く通りかかって……それで」

「そっか」

二人の間に沈黙が流れる。話したいことは山ほどあるけれど、何を言ったらいいのかわからない。

「美咲ちゃんはどう？　元気にしてる？」

「……うん」

「よかった」

海斗は取り分けたタコ焼きを、陽月に渡す。

「このままだと、心臓血管外科プロジェクトは予防医療に変わるんでしょ？」

「……なんで？」

陽月が知っていることに、海斗は驚きを隠せない。

「書類見つけちゃって。海斗の机片付けてるときに」

「ああ。ごめん、黙ってて。不安にさせたくなくて」

書類を置きっぱなしにして席を外したとは、うかつだった。

「……プロジェクトを変えたのは大友先生なんだよね」

「ああ」

「そっか」

「婚約してるんだってね、大友先生と」

「うん」

「おめでとう、だよな、まずは」

海斗はビールの入ったグラスを手にした。なんとなく気まずい雰囲気の中、二人は乾杯した。

「はい、生ハムカマンベールチーズ。これも好きだったよね」

五十嵐は陽月が好きだったメニューを覚えていて、持ってきた。

「ありがとうございます」

陽月と五十嵐がやりとりしているのを見ながら、海斗はスマホを確認した。

『大丈夫か？』という海斗が送ったメッセージに、紗耶から既読が付いていない。海斗はイヤな予感がしていた。


紗耶はだんだんと体が熱くなり、同時にだるくなっていくのを感じていた。

「少し休む？」

「全然大丈夫です」

そうは言ったものの、体に力が入らない。

「奥に休めるとこあるから」

宇佐美は奥の個室に連れていってくれた。ゆったりとしたソファが置かれている。紗耶は腰を下ろし、もたれかかった。

「飲ませすぎちゃったかな。ごめんね」

宇佐美が隣に座って、グラスに水を注いでくれた。

「ありがとうございます」

受け取ろうとしたが、宇佐美はグラスを離さない。そのせいで顔と顔が接近してしまう。

「えっ？」

驚いている紗耶に、宇佐美は素早くキスをした。紗耶の手からグラスが床に落ち、ガシャンと割れた。宇佐美はかまわずに紗耶をソファに押し倒す。

「犯罪ですよ」

紗耶は覆いかぶさってきた宇佐美の下からどうにか這い出た。

「不同意性交罪です。法律変わったの知りませんか？」

「……つまんないこと言わないでよ」

宇佐美は性懲りもなく近づいてくる。

「……だったら融資してください。融資。天堂記念病院に」

宇佐美を制するために、紗耶はとっさに訴える。

「いいよ」

「えっ」

「融資すれば、いいの？」

宇佐美の言葉に、紗耶は背中にさぁっと鳥肌が立つのを感じた。

海斗は何度か紗耶にメッセージを入れたが、一向に既読が付かない。

「大丈夫？」

陽月に問いかけられ、とりあえず「うん」と頷いた。だが気が気ではない。

「……私ね」

「ごめん」

海斗は陽月の言葉を遮った。

「えっ？」

「やっぱ行かなきゃ」

海斗は飲み代をテーブルに置き、上着と荷物を手に立ち上がった。

「ちょっと海斗……」

陽月が声をかけたが、海斗は走って出ていった。


一人残された陽月は、ぼんやりと座っていた。

「よかったら話、聞くよ？」

五十嵐が声をかけてきた。

「居酒屋の兄ちゃんくらいがちょうどいいときもあるでしょ？　もちろん無理しなくていいんだけど」

「いいえ、ありがとうございます」

陽月はふう、と息を吐いて話し始めた。

「……たまたまじゃないんです」

「えっ？」

「ここに来たの」

陽月は自虐的な笑みを浮かべた。

「本当は、ここに来たら……海斗に会えるかもって思ったんです」

「……そっか」

「ずるいんです、私。全部……私が悪いのに……」

と、陽月のスマホが震えた。郁弥からの『今から会える？』というメッセージだった。

先ほど紗耶が送ってきた画像から検索し、店を割り出した。到着すると、紗耶が送ってきた画像と目の前の建物を照らし合わせ、間違いないことを確認する。扉には〝CLOSED〟の札がかかっていたが、かまわずに開けた。

「申し訳ありません。当店は会員制となっておりまして」

中にいた店員が制するが、奥から紗耶の悲鳴が聞こえてきた。海斗は目を見開き突き進む。

「お客様！」

店員に止められたが「離せ！」と押しのけ、奥の個室の扉を開けた。

「木下！」

どうか間に合ってくれ、と祈りながら入っていくと、紗耶が宇佐美を絞め上げていた。

「……先輩」

紗耶は腕の力を弱めた。宇佐美は床に崩れ落ちた。


二人は店を出て、近くの公園で休んだ。海斗はペットボトルの水を買って、紗耶に渡した。

「ありがとうございます」

紗耶はごくごくと水を飲んだ。

「いやー、あと少しだったんですけどね。柔道部出身の悪い癖が出ちゃいました。我ながら見事な絞め落としでしたね」

無理して明るく振る舞っている紗耶を、海斗はじっと見つめた。

「ごめん」

「……なんで先輩が謝るんですか。全然、できると思ったんですけどねー、私。あぁ、悔しい。あんなおっさんなんかに」

紗耶は、だんだん涙声になっていく。

「ごめんなさい。先輩の融資、台無しにして。ごめんなさい……ごめんなさい」

「もういい、そんなの。なんであんな無理したんだよ」

海斗は問いかけた。

「……それ聞いちゃいます？」

紗耶は海斗を見つめ、背伸びをしてキスをした。

「……好きだからですよ、先輩のことが」

紗耶の目から涙がこぼれる。

「ホント最低……なんで言わせるんですか」

泣いている紗耶を、海斗は抱きしめた。

「……ごめん」

紗耶は海斗の腕の中で泣いていた。

陽月は店を出て、郁弥と家の近くで落ち合った。

「ごめん、遅くに」

「ううん。私も……話したいことあったから」

「……佐竹徹とは話をつけた」

郁弥はなんの前置きもなく言った。

「え、会ったの？　あの人に？　話をつけたって。どうやって？」

「陽月が知る必要はないよ」

郁弥は言った。

「美咲のためだったんだろ？　つらかったな。まだつきまとうようなら、俺に言ってくれればいい」

「どうして？　どうしてそこまでしてくれるの？」

陽月はずっと聞きたかったことを、尋ねてみた。

「聞いちゃったんだ、私。郁弥さんと海斗が話してること」

あのとき、海斗は郁弥に「あなたは陽月を愛してるわけじゃないですよね？」と問い詰めた。郁弥の答えは「だとしたらなんですか？」だった。

「私と付き合ったのは、海斗を傷つけるためだったんだよね」

陽月の問いかけに、郁弥は黙っている。

「心臓血管外科プロジェクトを変えたのもそのためなの？」

「軽蔑した？」

「私にそんな資格ないよ。それを聞いたとき、正直ホッとした……私も同じだから」

陽月は正直な気持ちを口にした。

「私も美咲を守りたくて……。郁弥さんと一緒にいることが美咲のためになるんじゃないかって、どこかで思ってて。一緒にいて楽しいときもあったけど、これでいいのかなってずっと思ってた。だって……やっぱりそれって……ずるいから……。だから……もう終わりにしたいです」

それは陽月の、本心だった。

「本当にごめんなさい」

「……天堂海斗が忘れられない？」

問いかける郁弥は、いつになく切ない表情を浮かべている。陽月はハッとして、頭の中が混乱し、なんと答えたらいいのかわからない。何も言えずに陽月はそのまま立ち去った。

一人になった途端、鼻の奥がツンとしてきた。陽月は溢れる涙を堪えきれず、泣きながら歩き続けた。

帰宅しても、海斗はしばらく眠れずにいた。

『今日のこと忘れてください』と紗耶からメッセージが届き、ふざけたスタンプが添えられていた。

机の上には綾乃から渡された融資リストがあり、その横に宇佐美の名刺が置いてあった。海斗は名刺を手に取って握りつぶし、床に投げ捨てた。


陽月と別れた郁弥は、あるバーにいた。酒を注文したところに、電話がかかってくる。画面を確認してから電話に出た。

「もしもし、……はい……やはり、そうでしたか。わかりました」


翌日、美咲の病室に佐竹がまたやってきた。

「おじさん……」

「あれ、ぬいぐるみどうしたの？」

佐竹が尋ねたが、美咲はうつむいた。

「美咲ちゃん？」

「おじさんって、お姉ちゃんとどういう関係なの？」

「お姉ちゃんはなんて言ってた？」

「……友達じゃないって」

「そっか、そうかもね。だって、おじさんとお姉ちゃんは……」

郁弥が小児科病棟の廊下を歩いていると、美咲の病室に佐竹がいるのが見えた。郁弥は入っていき、佐竹を美咲から引き離した。

「またおまえかよ」

佐竹は顔を歪めたが、どうでもいい。郁弥は美咲を見た。美咲は心細そうに下を向いている。

「何を言った？」

郁弥は佐竹に問いかける。

「は？」

「この子に何を言った？」

「何も言ってないよねぇ？」

佐竹がわざとらしいほどの優しい声色で問いかけたが、美咲は黙り込んでいる。

「あ、ただ少しだけ。君の心臓は——」

佐竹が何かを言う前に、郁弥はその首元を押さえつけてドアのほうに連れていき、壁に押しつけた。

「……出ていけ」

徐々に、力を強めていく。

「て……てめぇが、てめぇがこんなナメた真似するからだろうが!!」

佐竹は郁弥が渡した封筒を叩きつけた。郁弥はかまわずにさらに首元を絞め上げ、憎悪に満ちた形相で佐竹を睨みつけた。その迫力に佐竹は気圧される。

「……出ていけ」

郁弥は佐竹を廊下に放り出すと、佐竹は逃げるように帰っていった。病室を振り返ると、美咲は唇を嚙みしめていた。


海斗は綾乃に会うために皇一郎が暮らすホテルにいた。

「リストにあった方、すべて当たりました。が、なかなか話さえろくに聞いてもらえません」

打ち消し線で真っ赤なリストを見せた。

「今回ばかりは天堂という姓がハンデとなっていますか」

綾乃が尋ねてくる。

「そうかもしれません」

「期限は明日ですが、今から新たに融資先を探すのも現実的ではないでしょう」

「それでも諦めるわけにはいきません……諦めていいわけがない」

「それで、ご用件は？」

「大友先生の状況を教えてください」

「何をお考えで？」

問いかけられたが、海斗はなんと言ったらいいのかわからずに黙っていた。だが、綾乃は自分から口を開いた。

「大友先生はすでに複数の融資契約を結んでおります。さらに……投資ファンド・レイスキャピタルからの巨額融資も合意間近とのことです」


皇一郎のホテルから出てきた海斗は、レイスキャピタルが入るビルにやってきた。エントランスで待っていると、阿川が秘書を連れて出てきた。

「阿川さん！　先日の説明会でお目にかかりました天堂海斗です」

海斗は近づいていった。

「あぁ、天堂さん」

「突然、申し訳ありません。先立ってメールでもプロジェクトに関する概要をお送りさせていただいたのですが」

「申し訳ありませんが次の予定がございますので」

秘書が間に入ってきた。

「少しでいいんです。お時間いただけないでしょうか！」

海斗は必死に食い下がった。


翌日、海斗と郁弥は皇一郎が暮らすホテルにやってきた。

「期限の一週間が経ちましたので、結果をご報告いたします」

綾乃が口を開く。

「先に話した通りだ。より多く融資を集めた者がこの病院の新しい理事長となる」

皇一郎の言葉に、まず郁弥が「はい」と頷き、海斗も遅れて頷いた。

「まずは、大友理事。合意に至った融資は八件。合計金額は八億円です」

綾乃が発表すると皇一郎は「ほぅ。この短期間で、さすがだな」と、目を細めて郁弥を見た。

「ありがとうございます」

「そして、天堂海斗理事、合意に至った融資は、一件。その金額は十五億」

その額に、皇一郎と郁弥が表情を変えた。

「融資元は投資ファンド・レイスキャピタルです」

綾乃は言った。

＊

前日、阿川に会いに行った海斗は時間をもらい、社長室に通してもらった。

「先ほどは部下が失礼をいたしました」

阿川が言う。

「お時間いただけたこと、感謝いたします。さっそくですが」

「お話しする必要はありません」

阿川は前のめりになっている海斗を制した。

「我々はあなたと、融資の契約を結びます」

予想外の言葉に、海斗は信じられない思いだった。

「ですが、阿川さんは大友理事と話を進めていたはずでは？」

「その通りです。ですが合意に至りませんでした。正直に申し上げて、大友先生のプロジェクトには熱を感じなかった。比べて天堂さんの企画書からは、強い意志が感じられました。ぜひ、あなたと契約させてください」

「……ありがとうございます！」

海斗は深々と頭を下げた。

＊

郁弥はすべての成り行きを、いつものポーカーフェイスで受け止めていた。

「レイスキャピタルは大友先生が握っていたと思っていたが、足元を掬《すく》われたな」

皇一郎は郁弥に言った。

「そのようです」

郁弥は海斗を見ている。

「勝負は決した。……新理事長は天堂海斗。おまえだ」

「はい」

海斗は恭《うやうや》しく一礼した。

「理事たちには私から通達しよう」

「ありがとうございます」

「この病院を、おまえに託す。理事長の座はおまえのものだ。天堂記念病院の発展に貢献してくれ」

「はい。責務を全うします。まずは、心臓血管外科プロジェクトを推進してまいります」

「頼んだぞ。先に行きなさい」

皇一郎にもう一度頭を下げ、海斗は出ていった。

「大友先生には期待してたんだがね」

「ご期待に添えず、申し訳ありません」

郁弥は丁寧に謝罪した。

「……私だけか？　先生が途中で身を引いたように見えたのは」

「どう捉えていただいてもかまいません。ただ……」

「なんだ？」

「勝負事においては常に、戦わずして勝つことが最善である、とは心得ております」

「ほう」

「そのうえで、一つお話が……」

郁弥は切り出した。


皇一郎の部屋を出た海斗は、廊下を歩きながら紗耶に電話をかけた。

「もしもし……勝ったよ、大友郁弥に」

『おめでとうございます』

「俺が理事長だ。……木下のおかげだよ」

『私は何も……いや、けっこうなことしましたね、私！』

紗耶は冗談めかして言うが、真剣にそう思っていた海斗は「ああ」と頷いた。

「……今度時間つくれるか？」

『えっ？』

「メシ行こう。何がいい？　なんでもいいよ。ご馳走させてくれ」

『……じゃあ、こないだより素敵な店連れてってください』

「了解。それじゃ、また」

海斗は電話を切った。

翌日、病院に入っていくと、ロビーに陽月がいた。

「聞いたよ、理事長に就任するんだよね」

「うん……俺に務まるかわからないけど」

「おめでとう。お父さん、きっと喜んでる」

「ありがとう。プロジェクトがうまくいくように頑張るよ。美咲ちゃんのためにも」

もとはといえば心臓病の手術をした海斗を思い、智信が生み出したプロジェクトだ。

「……うん」

「じゃあ、行かなきゃ」

海斗は歩きだした。


海斗がエレベーターで上階に移動していると、途中で郁弥が乗り込んできた。そして小児科のある階のボタンを押す。二人きりの密室は息が詰まるようだったが、今日の海斗は以前よりも呼吸がしやすい。やがて理事長室がある階に着いた。

「おめでとうございます」

降り際に郁弥が声をかけてきた。背中でその声を受け止め、海斗は理事長室に続く廊下を歩きだした。

海斗は理事長室の扉を開けた。子どもの頃から何度も訪れた理事長室の、ずっと憧れていた椅子が、目の前にある。海斗は近づいていき、椅子に腰かけた。

＊

前日――。

「融資元のレイスキャピタルに関し、よからぬ噂を耳にしましたので、現在調査を進めております。まだ確たる証拠をつかむには至っておりませんが……」

郁弥は皇一郎に言った。

「あの投資ファンドは危険です。このままレイスキャピタルと手を組めば、天堂記念病院は窮地に陥るでしょう」

6

この日のために新調したスーツを着て、海斗は理事長席に座っていた。コンコンと、ノックの音が聞こえる。

「どうぞ」

「失礼します」

ドアが開き、高村が入ってきた。

「ご無沙汰してます、高村さん」

海斗は立ち上がった。

「見違えましたね、海斗くん……いや、天堂理事長」

「秘書の依頼を受けていただき、感謝いたします」

「いえ」

「あなたは誰よりもこの病院を近くで見てきました。天堂家による支配の弊害も。私は父が掲げた理想を叶えてみせます。しかし、それをよしとしない者がまだ院内にいるでしょう。ですが私は、それに屈するつもりはありません」

海斗は高村に右手を差し出した。

「高村さん、父にしていただいたように、どうか私に力を貸してください」

高村は海斗の手を両手で握った。

「ご立派になられましたね」

目を細め、海斗を見つめている。

「全力で理事長を支えさせていただきます」

智信の想いを受け継いでいる二人は、がっちり握手をした。


「理事長を拝命しました天堂海斗です」

海斗は理事長として、初の会議に臨んだ。

「まず初めに、この日を迎えるにあたりご尽力いただいた皆様に感謝と敬意を表します」

院長席には小笠原が座っていた。理事たちの中には郁弥の姿もある。

「皆様ご承知の通り、我が天堂記念病院は不祥事が相次ぎ、存続の危機に瀕しています。だからこそ今、大きく変わらなければなりません。その第一歩として、亡き父の夢でもあった『心臓血管外科プロジェクト』を推進する決意を固めました。プロジェクトを成功に導くべく、すでに多額の融資も取り付けております。ですが、プロジェクトの成功、ひいてはこの病院の未来のために必要なのは何よりも、皆様一人ひとりのお力です。これまでの閉鎖的な経営体制を打破し、一丸となって天堂記念病院の信頼を取り戻していきましょう」

海斗が意気込みを述べると、小笠原が先陣を切って拍手をした。徐々に拍手の波が広がっていく。郁弥が最後に手を叩き始めるのを、海斗は視線で捉えていた。

陽月はナースステーションで事務作業をしていた。

「あの若さで理事長ってすごいですよね」

「これで少しは病院の空気が変わるといいんだけど」

栞と安香が海斗のことを噂している。

「これで、美咲ちゃんの手術もできるようになるかもね」

佐奈江がナースステーションに現れ、陽月に声をかけてきた。

「そうだといいんですが」

陽月は笑顔で頷いた。美咲の手術に関しては、期待はしている。だけど、ここ数か月で目まぐるしくさまざまなことが起きて、頭がついていかない。

「きっと大丈夫。待った甲斐があったわね」

「はい。ありがとうございます」

会議室を出た海斗は、前を歩く小笠原を呼び止めた。

「このたびは院長就任の依頼を引き受けていただき、ありがとうございます」

「あなたの父が描いた理想が正しかったのかどうか、近くで見届けたくなった。期待していますよ。天堂理事長」

「ありがとうございます」

二人が話しているところに、郁弥が通りがかった。

「大友先生」

小笠原が声をかけると、郁弥は足を止め、振り返った。

「あなたと理事長は考え方が違う部分もあるでしょう。しかし、心臓血管外科プロジェクト成功のためには大友先生の力が必要です。ぜひ協力をお願いします」

「……微力ながらお役に立てるよう努めます」

郁弥は静かに頷き、立ち去った。海斗は郁弥の背中を見送った。

美咲の病室に、医師の若林雄介《わかばやしゆうすけ》が回診に来ていた。

「じゃあ血圧測るからね……美咲ちゃん？」

声をかけられ、ぼんやりしていた美咲は「あ、はい」とパジャマの腕をまくった。若林が血圧を測る準備を始めると、美咲はまた佐竹のことを考えてしまう。佐竹が二度目に病室に来た日、美咲は陽月との関係を尋ねた。すると佐竹は――。

「代わりましょうか」

そこに郁弥が現れた。

「若林先生は802号室の患者さんをお願いします」

郁弥が美咲の腕にマンシェットを巻いて聴診器をセッティングし、加圧して血圧を測り始める。

「お姉ちゃん」

今度は、陽月が病室に入ってきた。陽月は目を伏せるように、郁弥に会釈した。

「122の80、いつもと変わりないよ」

郁弥は美咲にほほ笑み、「生食の交換をお願いします」と陽月に指示を出して病室を出ていった。陽月は郁弥の目を見ずに「はい」と短く頷く。美咲は二人の間に流れる空気が変わったのを、感じていた。

「ねえ美咲、この病院で手術ができるかもしれないよ」

陽月が点滴の袋を替えながら明るく言った。

「難しい心臓の病気を治すことができるように、病院の設備を整えるんだって」

「……そうなんだ」

「手術すればきっと元気になる。学校にも行けるようになるよ。だから頑張ろうね」

「……うん」

頷いたものの、美咲の心は晴れなかった。


海斗は高村と共に智信の墓に来ていた。線香をあげて花を供え、手を合わせる。

「智信さんも喜んでいると思います。海斗さんと大友先生が力を合わせてプロジェクトを進めることが、智信さんの願いでしたから」

高村は言ったが、郁弥の名前を出されると、複雑な気持ちになる。

「この後の予定は？」

海斗と高村は歩きだした。

「十八時半からプロジェクトに関する予算会議です」

「わかりました」

「予算表拝見しましたが、あれだけの設備を整えるには相当な融資が必要でしょう。どちらから融資をお受けになる予定なんですか」

「投資ファンドのレイスキャピタルです」

「レイスキャピタル？」

高村は立ち止まった。

「何か？」

「その会社とはどちらでお知り合いに？」

「会長が開いた説明会ですが」

「そうですか……行きましょう」

二人は再び歩きだし、車に乗り込んだ。窓の外の景色を眺める海斗の目は、やる気に満ちていた。


郁弥は、木村といつも待ち合わせるバーで落ち合っていた。

「大友先生が睨んだ通りでしたよ」

木村は郁弥に封筒を渡した。郁弥は中の資料を読み始める。

「このネタは、融資を受ける天堂記念病院にとって非常に大きなスキャンダルになるでしょうね」

「ありがとうございます」

「大友先生には先日のスクープの借りがありますから」

木村は言い、「本当に、ウチで記事にしちゃっていいんですよね？」と郁弥の顔をうかがう。

「ええ。ただ……少しだけお待ちいただけますか？」


郁弥は皇一郎のもとを訪れ、週刊誌のゲラを渡した。

「数日のうちに『週刊ＲＵＳＨ』より記事が出ます。このような会社と天堂記念病院に深い繋がりがあるとわかれば、再び世間から厳しい目が向けられることでしょう」

「……それはまずいな」

実際はそうとは思っていないような口ぶりで、皇一郎が言う。

「すべての責任は、レイスキャピタルの内情を十分に調べず、軽率に融資を取り付けてきた天堂海斗理事長にあります。騒ぎが大きくなる前に、責任を取って理事長の座から降りていただくべきではないでしょうか？」

「こうなることを見越して一度は身を引いたのか？」

皇一郎は片眉を上げ、郁弥をうかがう。

「たとえ理事長の椅子を一時的に取られても、あやつが自滅するのを待ってから奪い返せばいいと」

「ご想像にお任せします」

郁弥は短く言った。


夜、海斗は鉄板焼き店のカウンターに、紗耶と並んで座っていた。

「かんぱ～い」

二人はシャンパングラスを合わせた。

「理事長就任、おめでとうございます」

「ありがとう」

目の前の鉄板で、シェフが華麗にヘラを操り肉を焼いている。

「さすが理事長ともなると違いますね」

紗耶は店内を見回している。

「だろ」

「なんか遠くの世界に行っちゃった感じするな」

「……実は高村さんに予約してもらったんだよ。席の指定からコースの指定、何から何まで全部」

「やっぱり。先輩がこんないい店知ってるわけないと思った」

「おい」

海斗はすかさずツッコんだ。

「今の俺があるのは、木下のおかげだからさ。ホント感謝してる」

「先輩」

「ん？」

「あのときはすみませんでした」

紗耶は殊勝《しゅしょう》な面持ちで頭を下げる。

「……覚えてたんだ」

海斗の中では、なかったことにするつもりだった。

「ギリ記憶ありますね」

「だいぶ酔ってたもんな」

「酔ってましたけど、あのとき伝えたことは嘘じゃないですから」

紗耶は堂々と言った。感謝はしているが、ただ……。どう返せばいいのかと思っていると、スマホが鳴った。高村からだ。

「ごめん」

海斗は立ち上がって廊下に出る。

『お食事中すいません、少々よろしいでしょうか』

「どうしましたか」

『まずいことになりました』

「え……」

『融資元のレイスキャピタルですが、少し気になる点があったので私なりに調べてみました』

「それで」

海斗は先を急がせる。

『あの会社は違法に資金を集めている可能性があります』

「違法ってどういうことですか?」

『投資詐欺です。一部週刊誌がすでに嗅ぎつけており、表沙汰になるのも時間の問題でしょう。レイスキャピタルと取引していることが明らかになれば天堂記念病院のブランドイメージに傷がつきます。融資も受けられずプロジェクトも頓挫するでしょう』

「そんな……」

レイスキャピタルから巨額の融資を取り付けたからこそ、理事長の座に就くことができたのに。

『至急対策が必要かと』

「……わかりました」

描いていた未来図が、一気に崩れ落ちた。


「どうかしました？」

よほど暗い顔をしていたのだろうか、席に戻った途端に紗耶が問いかけてきた。

「……病院の融資を取り付けてたファンドが投資詐欺をしてたらしい」

「えっ？」

「そんな会社と融資契約を結んでいると世間に知られたら……」

「……たしかそのファンドって、最初大友郁弥が接触していたところですよね？」

「えっ？　ああ」

海斗は、郁弥と阿川が親しげに話していた光景を思い出す。

「……もしかしたら、大友郁弥はその会社が怪しいって気づいてたのかも。だからこそ、手を引いた」

「どういうことだよ」

「融資を受けた後にファンドの不祥事が発覚すれば、契約を取り付けた先輩の責任問題になるからですよ。そして、それを理由に先輩を理事長の座から追放する……」

「そこまで見越して動いてたっていうのか」

体の内側から震えが込み上げてくる。

「相手は大友郁弥ですよ？」

紗耶の言葉を聞き、海斗は唇を噛んで黙り込んだ。

「行ってください」

「けど」

海斗は戸惑っていた。まだ乾杯しただけで、料理も出てきていない。

「私なら大丈夫ですから」

「……ごめん木下、この埋め合わせは必ずする」

海斗は一目散に病院へ戻った。

理事長室で阿川の名刺を探し、電話をかけた。でもつながらない。

「くそ……！」

焦る海斗のスマホからメッセージの通知音がした。陽月からで『理事長就任おめでとう』とある。一瞬迷ったが、海斗は『ありがとう』と返信した。

『プロジェクトの件聞いたよ』

『応援してる』

陽月から、すぐに返信が来た。

『頑張るよ』

返信を打った海斗は、スマホを机に放り投げた。

翌日、海斗は皇一郎を訪ねた。

「申し訳ありませんでした。レイスキャピタルの実態を見抜くことができず、このような事態に……。すぐにでもあの会社との契約は撤回し、新しいパートナーを探すつもりでいます」

体を二つ折りにして、頭を下げる。

「たとえ撤回したとしても、契約した事実は消えんぞ？　ん？」

皇一郎は、上目遣いで海斗を見上げる。

「すでにプロジェクトのための医療機器も手配を済ませているんだろう？　支払日まで

にパートナーは見つかるのか？」

「それは……」

「資金はショートし、ブランドイメージも失墜。今度こそ天堂記念病院はおしまいだ。どう責任を取るつもりだ」

「それは……」

言葉に詰まった。

「どう責任を取るつもりかと聞いているんだ」

「……も、申し訳ありません！」

ただ、謝ることしかできない海斗を見て、皇一郎は「はははははっ」と声を上げて笑った。

「よくそこまで腰が曲がるもんだ。許しを請うために必死に頭を下げる人間の姿は、いつ見ても愉快だな」

皇一郎の真意がわからず、海斗は困惑していた。

「安心しろ。もとより、あのような会社とは契約を結んでおらん」

「……どういうことでしょうか？」

「本契約前に会長のご判断で破棄しておりました。ですので、天堂記念病院とレイスキャピタルに繋がりはありません」

綾乃が言う。

「契約先の調査など当然のこと。おまえはこのような事態になるまで気づかなかったようだがな」

皇一郎の言葉に、冷や汗が一気に引いていく。

「大友先生は見抜いておったぞ」

「えっ」

「そして、責任を取るためにおまえを理事長の座から降ろすべきだと言ってきおった。もっとも、本契約には至っていないと伝えたら、珍しく目を丸くしておったがな」

皇一郎は不敵な笑みを浮かべた。

「綾乃」

皇一郎が目顔で合図をすると、綾乃は手元の資料を海斗に差し出した。資料には中国の投資ファンド『凤凰的翩集团』とある。

「新しい融資元です。入念な内部調査も完了しております」

「……今回の件、私が介入しなかったらどうなっていただろうな」

皇一郎はつぶやいた。「やはりおまえに理事長の座はまだ早かったか？」

「いえ、そのようなことは！」

海斗は慌てて否定する。

「……この先、私がおまえに求めるものが何かわかるな」

問いかけられたが、なんと答えたらいいのかわからず、口ごもっていた。

「成果だよ。せ・い・か」

皇一郎は子どもに言い聞かせるように言った。

「今回の代償に見合う成果を出しなさい。いいな？」

「……はい。ご満足いただけるよう、最大限努力します」

今はただ、そう答えることしかできなかった。


郁弥は院内の人通りの少ない廊下で、木村に電話をかけていた。

『まさか本契約に至っていなかったとは……。これじゃ記事にしようもないですよ』

「ええ。当然、理事長に責任を求めることもできません」

周囲に気を配り、声を潜めて言う。

『会長は大友先生のさらに一歩先を行っていたということですか』

「……あえて天堂海斗を泳がせ、弱みを握ることまであの男は目論んでいた。ただ、今回の件はまだ裏があるように思えてなりません」

郁弥は、「木村さん」と呼びかけた。

「新たに調べてほしいことがあります」


海斗は理事長室に戻ってきた。

「まずは、プロジェクトが進められることを喜びましょう」

高村は海斗の話を聞き、安堵していた。

「しかし、これで会長に大きな借りをつくってしまいました。それに……」

「なんでしょう」

「大友先生もこの件を独自で調査しており、私に責任を取るよう会長に進言したそうです」

「大友先生が」

高村は首をかしげた。

「……高村さん、一つお願いがあります」


陽月が小児科病棟の廊下を歩いていると、佐奈江が血相を変えて走ってきた。

「朝比奈さん、大変！」

「えっ!?」

「美咲ちゃんが！　早く来て！」

佐奈江に言われ、陽月は美咲の病室に飛び込んでいった。美咲は発作を起こし、若林が処置をしている。

「美咲！」

そこに、郁弥がやってきた。

「若林先生、状況は？」

「不整脈が頻発しています！」

「処置室へ運びましょう」

郁弥は言い、若林と共に美咲のベッドを病室から運び出し、処置室へと向かった。


処置を終え、ようやく落ち着いた美咲は酸素マスクを装着し、点滴に繋がれていた。陽月はもちろん、小笠原や若林が眠る美咲を見守っていた。そこに検査結果を手にした郁弥が現れた。

「心機能低下の進行が予想以上に早い」

郁弥が言ったところに、海斗が入ってきた。

「理事長」。若林は驚いて声を上げた。

「美咲ちゃんは?」

「今は落ち着いていますが、すぐにでも手術を行う必要があります。ただ、設備が整うにはまだ時間がかかる……」

小笠原が答えた。

「私がメーカーに直接交渉します。必要な機材を優先的に手配しましょう」

海斗の言葉に、陽月は目を輝かせた。

「問題はほかにもあります」

郁弥は訴える。

「なんですか」

「美咲さんの心エコーで見たEFは30%を切っている。この状態で体に負担の大きい冠動脈バイパス手術を強行するのは……」

「しかしこのままでは、いずれ心筋梗塞で命を落とす可能性も否定できません」

郁弥の懸念に対し、若林が言う。

「まずは検査を重ね、手術以外の選択肢も含め、慎重に検討すべきかと」

郁弥はこう主張した。

「いずれにせよ、設備が整うまで手術はできません。今は様子を見ましょう」

小笠原が、当面の方針を決定した。海斗は不安そうにしている陽月をチラリと見てから、郁弥に声をかけた。

「大友先生、少々お時間よろしいですか?」


海斗は理事長室で郁弥と向かい合っていた。

「ご用件はなんでしょうか」

「レイスキャピタルの件、と言えばわかっていただけますね」

海斗は郁弥の目を真っすぐに見たが、郁弥は何も言わない。

「小笠原先生はあなたの力が必要だとおっしゃった。しかし私はやはり、あなたを信用することはできません。あなたにはプロジェクトから外れていただきます。私情で病院を陥れるような医師に、大切な患者を預けることはできない」

「朝比奈美咲はどうするおつもりですか?」

黙って聞いていた郁弥が、口を開いた。

「彼女の手術を強行しようとしているなら、考え直すべきです。今の彼女の体力では手術に耐えられる保証がない」

「……ほかの医師も同じことを言うでしょうか」

「どういう意味ですか」

「私には、あなたがプロジェクトを阻止するために、手術しない方向に誘導しているようにしか見えないんですよ。あなたの代わりならいくらでもいる」

海斗はきっぱりと言った。

「話は以上です、お帰りください。美咲ちゃんは、私が必ず救ってみせます」

海斗の言葉を聞き、郁弥は黙って理事長室から出ていった。入れ替わりで、高村が資料を持って入ってくる。

「頼まれていた心臓血管外科医の候補リストです」

「ありがとうございます」

「……本当によろしいんですか？」

高村が問いかけてきたが、海斗は資料を見ながら「ええ」と頷いた。

「しかし……」

「私のほうでリストを拝見して選定します。その後、交渉に入ってください」

海斗は言ったが、高村は返事をしない。

「高村さん？」

「……承知しました」

高村は頷いた。


海斗が美咲の病室に行くと、陽月が眠る美咲を見つめていた。海斗が入ってきたことに気づくと、陽月は顔を上げた。

「どうしたらいいんだろう？　私には何もできない……」

「……必ず救ってみせるよ」

「でも、手術は……」

「大丈夫……大丈夫だから。俺を信じてほしい」

海斗は陽月に約束した。


数日後、天堂記念病院の前に黒塗りの高級車が入ってきた。運転手が後部座席のドアを開けると、岡田千尋《おかだちひろ》がゆっくりと降りてきた。出迎えるために待っていた医師や看護師が一礼する中、岡田はピンと背すじを伸ばし、堂々と院内に入っていく。

廊下を歩いていた郁弥は、岡田が歩いてくることに気づいた。すれ違う瞬間、郁弥は岡田をチラリと見た。

海斗は理事長席で、机の前に立つ岡田と向かい合っていた。

「これまでの経歴は拝見しました。岡田先生のような優秀な方を天堂記念病院にお招きできて光栄です」

「こちらこそ、ご指名いただきありがとうございます」

「さっそくですが、朝比奈美咲さんについて……本当に手術可能なんでしょうか？　心エコーの数値を懸念する声も聞かれるのですが」

海斗は不安な点を尋ねた。

「過去に海外で同様の数値での手術を行い、成功しました。心拍動下で手術をすれば問題ないと考えます」

岡田は自信に満ちた口調で言う。

「先生のように経験豊富な方なら、きっとそう言っていただけると信じていました」

「それにあまり迷っている時間はないかもしれません」

「……というのは？」

「国際メディカルセンターが来月、同じ症例の患者の手術を行うそうです」

それは、初耳だった。

「小児の移植心臓における冠動脈バイパス手術は、国内でもまだ例がありません。朝比奈さんの手術を成功させれば、天堂記念病院にとって大きな成果となり、世間の注目も集めるでしょう。が、先を越されては意味がありません」

海斗は決意を新たにした。

「わかりました。一刻も早く手術できるよう進めていきましょう」

海斗は会議室に、理事たちを集めた。

「天堂記念病院の命運を握る心臓血管外科プロジェクトについて、その第一例として当病院に入院している朝比奈美咲さんの手術を行うことで決定いたしました。手術に必要な医療機器も近日中に手配が完了する予定です。なお、手術はこちらの岡田先生が務めます」

海斗は隣の席に座る岡田を紹介した。

「日比谷中央ホスピタルから来ました岡田千尋です。よろしくお願いします」

「手術は、大友先生が担当されるのではないんですか?」

小笠原が尋ねた。

「岡田先生は経験も豊富で、朝比奈さんによく似たケースの手術でも成功を収めています」

理事たちに岡田の資料が配布された。

「総合的に見て今回は、岡田先生のほうが適任であると判断しました。この手術が成功した暁には、岡田先生にプロジェクトのリーダーを担っていただく予定です。各科のご協力よろしくお願いいたします」

理事会終了後、海斗は紗耶に電話をかけた。

『どうしました？』

紗耶がすぐに出る。

「プロジェクトがついに動きだすことになった」

海斗の声ははずんでいる。

『……そうですか』

「最初の手術が朝比奈美咲ちゃんに決定したんだ。成功したら特集で記事を組めたりしないかな」

『朝比奈って、もしかして……』

「ああ。陽月の妹だよ」

海斗はどこか誇らしげに言う。

「どうかな？」

『先輩の頼みですし、上と交渉してみますけど』

「助かるよ。ありがとう」

『……先輩』

「どうした？」

『……いえ、なんでもないです』

「じゃあ、記事の件よろしくな」

『……はい』

紗耶が頷くと、電話は切れた。


電話を切ると、海斗は立ち止まった。目の前に郁弥がいる。

「何か？」

「本当に手術するんですね」

「先ほどお話しした通りです。あなたの医学的懸念も、岡田先生は払拭できるとおっしやった。これ以上、議論の必要はありません」

「後悔することになりますよ」

「……あなたがね」

海斗は言い返し、すぐにその場から立ち去った。


目を覚ました美咲は、ＶＩＰ室に移っていた。

「美咲ちゃん、具合はどう？」

海斗が病室を訪ねてくる。

「私、手術するの？」

美咲は尋ねた。

「うん、やっとできるようになったんだよ」

「……いやだ」

「えっ」

「手術したくない」

美咲は首を横に振った。

「……怖いよね、俺も手術したことあるからわかるよ」

海斗が言うと、美咲はたまらなくなり泣きだした。

「私は……手術しちゃダメなの」

「……美咲ちゃん？」

海斗は突然のことに、戸惑っている。

「……私のせいで、お姉ちゃんが幸せになれない……」

「どういうこと……？」

「って、だって手術すると、お姉ちゃん……また……あのおじさんと」

「おじさん？」

美咲は、ぬいぐるみをくれた佐竹に言われた言葉を思い出していた。あのとき佐竹は「君の心臓は、お姉ちゃんがおじさんと寝たお金で動いてるんだよ。だから感謝して生きなきゃね」と、からかうように言ったのだ。

「……もうお姉ちゃんに迷惑かけたくない」

美咲は目の前にいる海斗に訴える。

「私のせいで、郁弥くんとも……離れて。そうまでして……お姉ちゃんを不幸にしてまで私、生きたくない」

これまで胸の中に秘めていた気持ちを吐き出すように、言った。黙っていた海斗は、入り口のほうを見て「陽月」と、つぶやいた。陽月が二人の会話を聞いていた。

「お姉ちゃん……私のせいでごめんね……」

美咲は陽月に謝った。

「どうして謝るの？　どうして美咲が謝るの？」

「……だって、ずっと迷惑かけて」

「迷惑なんかじゃない！　不幸なんかじゃないよ」

陽月は強い口調で続けた。「なんで……なんでそんなこと言うの？」

「だって、ずっと私のせいで……お姉ちゃん迷惑してたでしょ。手術にお金かかるから
……」

陽月は夜勤もこなし、日々忙しく働いていた。

「私のためにずっと働いて……いつもいつも」

夜勤の日は、テーブルの上にいつも朝ご飯が用意されていた。そこには『チンして食べてね。いつも寂しい思いさせてごめんね』と書かれたメモが添えてあった。

「自分のことより私のために……ずっと私のためにお姉ちゃんは頑張ってくれた。私がいなかったら、お姉ちゃんもっと……だから私なんて……」

泣きながら訴える美咲を、陽月が抱きしめた。

「私は……私は美咲がいてくれるから幸せなんだよ」

陽月の手は優しく、そして力強い。

「私は、美咲がいてくれる毎日が何より幸せなんだよ」

陽月は美咲の両肩をしっかりとつかんだ。

「あなたが元気になって、一緒の時間をずっと過ごせることが一番の幸せなの」

「……お姉ちゃん」

美咲も陽月の背中に手を回した。

「美咲、大丈夫だよ。だから、手術受けよう。病気治して、楽しいことたくさん一緒にしよ？」

「……うん」

美咲は頷いた。

「大丈夫。きっと大丈夫だから……」

陽月は美咲の背中を優しく撫でた。


海斗は陽月を誘い、屋上に出た。ベンチに座っている陽月の隣に腰を下ろし、温かい缶コーヒーを手渡した。陽月はお礼を言って受け取り、二人は眼下に広がる景色を眺めながら、コーヒーを飲んだ。

「手術のこと、ありがとう」

陽月が切り出した。

「……うん」

「軽蔑してるよね」

「えっ？」

「手術代のこと」

さっき美咲が「あのおじさんに」と言っていたが、あの言葉が意味することは、海斗も理解していた。

「でも、後悔はしてない。美咲を助けることに必死で……ほかにお金を用意する手段なかったし……」

「すごいよ。俺は誰かのために、そこまでできるかって考えてた。そこまで強く思い合える家族がいるって幸せなことだよ。俺にはもういないからさ」

それは海斗の本心だった。

「……というか、ごめん」

「なんで海斗が謝るの？」

「陽月と付き合ってるとき、気づいてあげられなくて」

「だって海斗と会う前のことだよ。当然だよ」

「……一つ聞いてもいいかな」

「うん」

「さっき美咲ちゃん、陽月と大友先生が離れちゃったって」

「……本当に勝手だよね。海斗がいなくなって、大友先生の優しさに甘えた。それなのに……ずるいよね」

陽月は自虐的に、フッと笑った。

「いいんだよ、ずるくて。頼れる人がいるなら頼ればいいいんだよ」

これも海斗の本心だ。

「大丈夫。手術はきっとうまくいく。陽月も美咲ちゃんも、これからきっと幸せになれる。だから……大丈夫だよ」

懸命に気持ちを伝える海斗に、陽月は「ありがとう」と言った。

手術当日——。
海斗は理事長室の椅子に座っていた。カーテンの隙間から、午後の日差しが差し込んでくる。目を閉じて、深く息を吸い込んで吐き出したとき、ノックの音がした。

「はい」

「失礼します」

ドアが開き、高村が入ってきた。

「まもなく、お時間です」

手術の時間が迫ってきた。ＶＩＰ室のベッドに横たわる美咲の手を握り、陽月はお守りを渡した。

「……美咲、これ」

「うん」

「裏、見てみて」

お守りの裏には花火の柄が刺繍されている。

「花火」

「手術が終わったら一緒に見に行こうね」

「……約束だよ」

「うん、約束」

二人が見つめ合っているところに、佐奈江が迎えに来た。

「美咲ちゃん、行こうか」

「……はい」

栞と安香がベッドを運び出した。陽月はベッドに寄り添い、廊下を歩いた。


手術室の前に到着した。

「お姉さんはここまでです」

小笠原が言う。

「……美咲」

陽月が声をかけると、美咲はにっこりほほ笑んだ。陽月は小さくガッツポーズをしながら、笑みを返した。

「行ってきます」

「行ってらっしゃい」

美咲はお守りを握りしめ、運ばれていった。陽月の手の中にも、同じお守りが握られていた。

会議室のモニターの前には、理事たちが集まっていた。その中には郁弥もいる。やがて海斗がやってきて、理事長席に座った。海斗の隣にいる小笠原が話しかける。

「いよいよですね」

「岡田先生を信じましょう」

「……そうですね」


全身麻酔で眠っている美咲が手術台に横たわっている。周囲を若林ら医師とオペナースたちが囲んでいた。最後に岡田が入ってくる。

「これより、左内胸動脈による冠動脈バイパス手術を始めます」

岡田が言うと、若林らが頷く。

「メス」

岡田がメスを受け取り、手術が始まった。手術室の隅には、美咲が握っていたお守りがぶら下がっていた。


「……美咲、頑張って」

陽月は手術室前の廊下でお守りを握りしめながら、祈っていた。

理事たちは会議室のモニターを凝視していた。

「……ここまでは順調だ」

小笠原が誰にともなく言う。

「ここから、内胸動脈からバイパス用のグラフト……血管を採取します。患者の体力的にも時間との勝負になるでしょう」

これは、海斗への説明だ。そのとき、郁弥のスマホが鳴った。郁弥は画面を見て席を立つ。


電話をかけてきたのは木村だった。

『大友先生の言っていた通りでしたよ。レイスキャピタル社長の阿川と天堂記念病院の会長は七年ほど前から繋がっていました』

「やはりそうでしたか」

『天堂皇一郎が過去に開いていた経営塾の一期生に、阿川の名前があったんです』

「おそらく会長は最初からレイスキャピタルの実態を把握していたんでしょう」

『そのうえで大友先生や天堂海斗が阿川に近づくように仕向けた』

「すべて、最初から仕組まれていたということです」

『弱みを握るためだけにここまでするとは……たとえ誰が理事長になっても、本当の意味で実権を手にすることはできないんでしょうね』

「ええ、彼が会長の座にいる限りはそうでしょうね」

郁弥はいつも通りの静かな声で言った。


その頃、皇一郎はホテルの一室で綾乃に耳掃除をしてもらっていた。

「ご指定の金額を阿川の口座に振り込んでおきました」

綾乃が言う。

「ご苦労」

「金額の多さに驚いていているようでしたが」

「手切れ金だよ。あいつはもう用済みだ。人を切る際にケチってはいかん。恨みを買うからな」

耳掃除を続けてもらいながら、皇一郎は「あ、そこそこ」と気持ちよさそうに言った。


手術室の岡田は、細かい血管を電気メスで切っていた。

「癒着がひどい……」

岡田の言葉を聞き、若林が尋ねる。

「別のグラフトに切り替えますか？」

「しかし、今からですと時間が……」

助手の一人が言った次の瞬間、血が噴き出した。岡田は美咲の血を顔に浴び、ビクリとなる。

「先生!?」

若林は目を疑った。

「吸引！」

岡田が若林に指示をし、オペナースに「ハチゼロ！」と縫合糸を渡すように指示する。

手術室内に心電計の警告音が鳴り響く。

「吸引！」「ガーゼ！」などと、あちこちで声が飛ぶ。

岡田は看護師に渡された糸で出血部を縫おうとするが、出血が多く、損傷部位が見えない――。

モニターに映る異常事態に、理事たちも慌てていた。

「……まずいな。内胸動脈を傷つけた」

「このまま止血に時間がかかるようですと……」

小笠原と望月が言う。海斗はチラチラと時計を気にした。そこに郁弥が戻ってきて、室内に漂うざわついた空気に気づく。郁弥もモニターに目をやり、衝撃を受けていた。

岡田はどうにか止血を済ませた。

「術野もっと見せて」「開胸機かけ直します」「輸血早く持ってきて」と、矢継ぎ早に指示が飛ぶ。手術室内の混乱は収まらない――。

海斗は悲痛な面持ちでモニターを見つめ、陽月はお守りを握りしめていた。


――下巻へ続く。

CAST

天堂海斗……………………　赤楚衛二

大友郁弥……………………　錦戸 亮
朝比奈陽月…………………　芳根京子

木下紗耶……………………　見上 愛
鮎川賢二……………………　梶原 善
小笠原哲也…………………　古舘寛治
天堂佑馬……………………　青木 柚
朝比奈美咲…………………　白山乃愛
高村 実　……………………　利重 剛
三輪光成……………………　小木茂光

／

天堂智信……………………　光石 研
天堂市子……………………　余 貴美子
天堂皇一郎…………………　笹野高史

他

■ TV STAFF

脚本：伊東 忍

主題歌：Stray Kids『WHY?』(Sony Music Labels Inc.)

音楽：堤 裕介

企画：藤野良太

プロデュース：足立遼太朗

演出：金井 紘　柳沢凌介

制作協力：storyboard

制作著作：フジテレビジョン

■ BOOK STAFF

ノベライズ：白戸ふみか

ブックデザイン：村岡明菜（扶桑社）

校閲：小出美由規

DTP：明昌堂

Re：リベンジ —欲望の果てに— (上)

発行日　2024年6月10日　初版第1刷発行

脚　　本　伊東 忍
ノベライズ　白戸ふみか

発 行 者　小池英彦
発 行 所　株式会社 扶桑社
〒105-8070 東京都港区海岸1-2-20 汐留ビルディング
電話　03-5843-8842 (編集)
03-5843-8143 (メールセンター)
www.fusosha.co.jp

企画協力　株式会社フジテレビジョン

製本・印刷　中央精版印刷株式会社

Printed in Japan
ISBN 978-4-594-09777-6

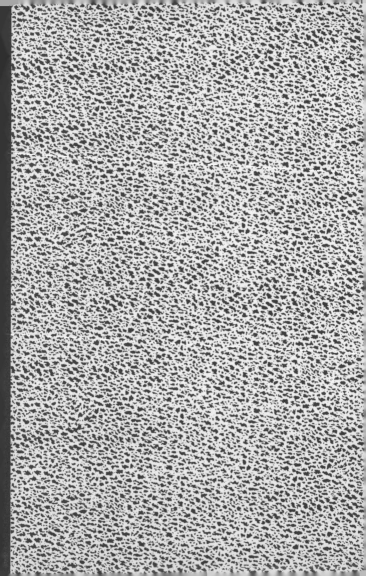